♥文化祭2日目を満喫!♥
夏川と芦田が頬を寄せ合いピトッと付ける。
二人が反対側に彩り豊かなクレープを添えたところでせーの、パシャリ。
夢見る男子は現実主義者
yumemiru danshi ha genjitsusyugisya

「愛ち！　歌おっ！」

♥ 女神の歌声でクラス打ち上げも大盛り上がり!
でも、何故か渉の姿が……？♥
「えっ⁉ ええ……⁉」

「越高《えっこう》の女王と呼ばれる
生徒会の紅一点、佐城楓さん！
美しい薔薇から全ての棘を削ぎ落とし、今！
越高の女神と化そうとしております！」
きっと見る人によっては
あれがクールビューティーに
映っているのだろう。
しかし本当に注目すべきはその口元だ。
と、とんでもねぇ速度で
ヒクつかせてやがる！
『だ ま さ れ た』
姉貴の顔にそう、黒々しいマーカーで
縦書きされているように見えた。

夢見る男子は現実主義者8

おけまる

HJ文庫
1070

口絵・本文イラスト　さばみぞれ

contents

1章 気持ちを知って

秋だなぁ、と初めて実感するのはいつも十月半ばだ。これを理解していなかった中学の最初の年はこの時期になっても衣替《ころもが》えもせず、鳥肌《とりはだ》で逆《さか》だった腕毛《うでげ》で空気を撫《な》でながら歩いていた。小学校の頃《ころ》、真冬に半袖《はんそで》半ズボンで毎日学校に来てたドッジボール少年もそろそろ気付き始めているだろう。

文化祭初日は佐々木《ささき》の妹の有希《ゆき》ちゃんが失踪《しっそう》したり佐々木からガチの恋愛《れんあい》相談をされたりで何だか大変だった。いったい何なんだこのはた迷惑《めいわく》な兄妹《きょうだい》は。

今日こそはのんびりと楽しみたいものだ。

「おー、佐城《さじょう》。お前手ぶらかよ」

「だって何も要《い》らねぇじゃん」

「良いよなー、帰宅部は」

「うるせ」

暖かい季節から一転、黒々しい色味の制服を眺《なが》めながら教室に入ると、挨拶《あいさつ》代わりのジャブを食《く》らった。のんびりしすぎたか、黒板の上を見ると時計の針はいつもより遅《おそ》めだった。まぁ文化祭だし、直前になっても間に合えば問題なし。涼《すず》しい朝を何の荷物も無く歩くのはちょっと楽しかった。

「おっすおっす」

「あ、さじょっちじゃん。どしたの？」

「や、普通《ふつう》に学校に来ただけだけど？」

「うんうん」

「？」

①　朝学校に来て、

②　自分の教室に向かう。

この当たり前の流れに疑問を呈《てい》した理由は何だ。

そう思って目を向けるも、窓際《まどぎわ》の壁《かべ》にもたれかかった芦田《あしだ》は納得《なっとく》したように頷《うなず》いて顔の向きを元に戻《もど》した。言葉と視線でペタペタと触《さわ》られたような感覚だ。なんだこいつ、ついに離《はな》れてても陽キャムーブ出来るようになったのか。あと一段階くらい成長を残してそうだ。

「……お、おはよ」

「ん。ああ、おはよ……」

順当な流れで芦田の前に居た夏川《なつかわ》に顔を向けると、この上なくぎこちない様子で挨拶された。つられて俺《おれ》の言葉《ことば》尻《じり》も弱くなってしまう。これはあれかな？「今さら普通に顔を合わせて話せると思うなよ」という意思表示かな？　今ならそこの窓から空を飛べる気がする。

——なんてね。優《やさ》しい夏川がそんなこと考えるわけないし。おおかた、体調が優《すぐ》れなかったり寝不足《ねぶそく》だったり女子的なデリケートな何かがあるんだろう。これは気付かないふりしていつもの感じで接するべき——さすが俺、今日もデリカシーあるぜ！

「……うん？」

あ、あれ？　もしかして違《ちが》う？

今の夏川は周囲に言わせれば落ち着かずソワソワしているように見えるだろう。しかし俺に言わせればしゃなりしゃなり。その品格に満ちた仕草はひとたび歩き出せば教室が一段高いステージへと早変わりして見えるに違いない。もしかして様子がおかしいのは俺の方では……？

「最初はどこ回る？」

「出店！　スイーツ！」

「朝から？」

「朝から！」

ブレザーの裏ポケットから取り出した文化祭のパンフレットを見ながら尋《たず》ねると、芦田が手を挙げてぴょんぴょん跳《は》ねながら希望を述べる。どうやらバレーボール部期待のホープは体重増量に対する恐怖心《きょうふしん》が無いらしい。同い年ながらに「若《わけ》ぇ」という感想が生まれた。男の俺でも気を付けているというのに。まぁ帰宅部だからなんだけど。

「夏川はオッケー？」

「う、うん……」

「おっ、そういや髪《かみ》切った？」

「えっ……？　切ってないけど」

「今テキトーに言ったでしょ」

そもそも俺のセンサーが夏川の変化を見逃《みのが》すわけがない件について。髪を切ってない事くらいは最初からわかってた。ただまぁ俺のセンサーが鈍《にぶ》っていたとして夏川の新たな魅《み》力《りょく》を見逃してたら嫌《いや》だし、一応ね？　や、そもそも鈍ってなんかないんだけどね？

「ど、どこか変？」

「そうだなぁ……」

「や、何でいま探すの」

合法的に夏川を見つめるチャンス……！　これを逃《のが》す手は無い！

最近は席が前と後になったせいか目の保養ができていない。や、決して夏川の近くになれたことが嬉《うれ》しくないわけじゃないいんだけど。今までの習慣だったからさ……我ながらキモすぎるな。

相変わらずしゃなりしゃなりする夏川に目を合わせると、逃《に》げるように視線を逸《そ》らされた。どうやら俺の瞳《ひとみ》は覗《のぞ》かれるだけで意図せず継続《けいぞく》ダメージを与《あた》えてしまう効果があるらしい。やめよう、泣きたくなってきた。

「——ん？」

「え？」

「あ、いや、何でも」

「えっ、なに？　何よ、気になるじゃないっ……」

「いやいや、何でもないから」

ふと夏川の口元から照《て》りを感じた。見ると唇《くちびる》がいつも以上に潤《うるお》っている。リップクリームを付け始めたんだろう。それに気付いただけでも中々の気持ち悪さだというのに、「あ、今日からリップ塗《ぬ》ってんだ？」なんてどうして言えようか。「ひぃっ……⁉」とか言われそう。

「お、おかしくないよね？」

「えー？　どこもおかしくないよー」

「……」

「や、ごめんって。大丈夫《だいじょうぶ》、今日も可愛《かわい》いぜ」

「っ……なによ……」

折りたたみの手鏡と芦田の目視でダブルチェックまで済ませた夏川は恨《うら》みがましい目で

俺を見上げて来た。もしかすると誤魔化《ごまか》すのは悪手だったかもしれない。

そう思って褒《ほ》めたものの、ぽしょりと文句を言われてそっぽを向かれてしまった。変に

チャラ男みたいなセリフ言ってしまったな……嘘《うそ》は言ってないんだけど。

「――じゃ、最初は映《ば》えるスイーツ片手に一枚撮《と》ろうぜ」

「えー、そこさじょっちも入んの」

「目を黒い線で隠《かく》して良いから」

「犯罪者じゃん」

俺らの中じゃ比較的《ひかくてき》SNSに浸《つ》かりがちの芦田。クラスの九割をフォロワーに持つこい

つのタイムラインにどうやら俺は出禁らしい。正直、俺も女子のそういうものに男の影《かげ》なんか無いに越《こ》したことはないとは思ってる。そうだな、カメラマンは任せてくれ。へその位置からカメラ向けて撮るんだよな、知ってる。

昨日は一ノ瀬《いちのせ》さんや笹木《ささき》さんとクレープ食べたし、今日は別のスイーツを食べよう。有希ちゃん？　それは一体どういった概念《がいねん》で？

確か粉物は何故《なぜ》か包装が紙だったたし、カップで持てるやつが良いな。ていうか俺は別に唐揚《からあ》げとかでいいや。どうせタイムライン出禁だし。

「……」

「……？　何だよ？」

パンフレットの出店一覧に視線を彷徨《さまよ》わせていると、芦田からじっと見られている事に気付いた。こいつが時おり寄越《よこ》してくる意味深な視線は何なの。

「や、ずいぶん楽しそうだなーと思って。だって昨日のうちに一ノ瀬ちゃん達《たち》と一通り楽しんでたじゃん？」

「ええ？　別に今日も楽しめば良いじゃんよ」

「あ、うん……そだよね」

「ちょっと、圭《けい》……」

「……？」

何だ……？　芦田に限らず夏川からもどこか顔色を窺《うかが》われているような……もしかして俺の方がどっかおかしいところあるとか？　髪は毎朝整えてるし、鼻毛も大丈夫なはず。何気に毎朝顔洗う時に見てるからな。わかった、顔の造形だろ。やかましいわ。

自分の顔をグニグニと触っていると、クスクスと笑う声が聞こえた。

「ふふっ……もう、何でもないわよ」

「え？」

視線を上げると、夏川が口元に手を当てて笑っていた。よほど俺が自分の顔を確かめる様子がおかしかったと見える。意趣返《いしゅがえ》しかな？　冷静に考えると馬鹿みたいな事してるな……これで何が良くなるっつんだよ。イケメンになるわけでもあるめぇし。恥《は》ずかしくなってきた……。

ちょっと恥ずかしくなって目を逸らしていると、そんな俺の意識を持っていくような声が聞こえてきた。

『——さ、斎藤《さいとう》さん』

「！」

賑《にぎ》わう教室のどこからか聞こえて来た声に思わず体が固まる。いつもなら聞きたくもないほど憎《にく》たらしい声なのに、今は何故か耳に意識が集中するほど音を拾おうとしていた。

カップル成立一歩手前の佐々木と、そんな恋愛ルーキーに告白したという斎藤さんだ。漫画《まんが》だったら俺の耳はひと回り大きくなっている事だろう。佐々木は斎藤さんとの一件に関して俺から注目されるのを気にするはずだ。バレたら後で文句言われそうだし、ここはあまり見ないようにしよう。

『佐々木くん……』

『その……今日、時間あるかな……』

明るい外の景色を覗かせる窓ガラスはあまり内側を反射してくれない。けれど俺の目は夏川を遠くから眺めるときと同等の力を発揮していた。薄《うっす》らとガラスに映る教室内の光景を脳内で補完するのだッ——くそぉッ……！　手前に映る夏川の横顔が眩《まぶ》しい！　そっちに目が行ってしまう！

『うん、大丈夫だよ……ずっと』

『え……？』

『いつでも、いいから……』

『さ、斎藤さん……』

別の意味で目を向けられなくなった気がする。

今あの二人を直視したら目も胸も焼けてしまいそうだ。ポッケにキャンディやチョコレートでも持っていたら直《す》ぐに溶《と》けていただろう。とはいえ斎藤さんからすればそんな余裕《よゆう》はないのかもしれない。周りからすればただ甘《あま》い雰囲気《ふんいき》でしかないけど、告白の返事をはっきりもらっていないのだから気が気でない胸中である事は察するに容易《たやす》い。さしずめ焦《こ》がした焼き芋《いも》のようにほろ苦い事だろう。我ながら喩《たと》えが酷《ひど》い……たぶん腹減ってんだな……。

かく言う俺も二人の行く末が気にならないと言えば嘘になる。佐々木の恋愛事情なんて本来ならば勝手にしろと思うけど、否応《いやおう》なしとはいえ首を突《つ》っ込《こ》んでしまったからな……何であんな小《こ》っ恥《ぱ》ずかしい事をペラペラと喋《しゃべ》っちまったんだか。斎藤さんの恋を応援《おうえん》しようが邪魔《じゃま》しようが、有希ちゃんに刺《さ》されるか馬に蹴《け》られるかの二択《たく》しかないというのに。妙《みょう》だな……あの二人の恋愛が俺をピンチに陥《おとしい》れているような……。

戦犯は俺を引きずり込んだ佐々木に違いない。待てよ……？　そもそも俺には二人の行く末を見届ける権利があるんじゃないか？　二人がやがて付き合うのだとすれば、斎藤さんからすれば俺の言葉のおかげで佐々木の心が定まったようなものだからな！　そうだ、こんなコソコソ聞き耳を立てる必要は無いんだ。こうなったら堂々と全てを覗き見して後で弄《いじ》り倒《たお》してやろうじゃないか。佐々木《あいつ》には一回恥《はじ》をかいてもらわないと気が済まないからな。さぁ、恋愛マスターのこの俺に青い春を見せるがよい……！

『……じゃあ──』

「あ、ちょっとごめん──って、お前ら何で黙《だま》ったまま固まってんの？」

「……」

「……」

「……」

「えっ……なに？　何で俺睨《おれにら》まれてんの⁉　何で溜《た》め息《いき》つかれたの⁉　夏川さんまで⁉」

俺たちの側にやってきた松田《まつだ》にジトリとした目を向ける。生憎《あいにく》とここは荷物が多く置かれているスペース……松田は何も悪くなかった。寧《むし》ろここで屯《たむろ》してる俺らに非があったらしい。スッと一歩空けた芦田の顔はこれ以上ないくらいに白《しら》けていた。松田……夏川のジト目は貴重だぞ（布教）

「……？」

……待てよ？　この素振《そぶ》り、二人も佐々木と斎藤さんの一件を知ってたのか？　夏川は昨日帰る前にチラッと見たかもだけど……。

女子は情報が早いからな……佐々木が俺以外に黙っていても、斎藤さん側から話が広まる可能性もあるのか。口が軽そうには見えないけどな……くわばらくわばら。

◆

「はい、じゃあ顔寄せてー」

「うん――ちょ、ちょっと！　何でしゃがむのよっ」

「や、この方がスタイル良く撮れるってテレビで……」

「もっと距離《きょり》取って！」

「さじょっちのエッチ」

中庭の真ん中。クレープ片手に頬《ほお》を寄せ合う夏川と芦田を撮ろうとしゃがむと慌《あわ》ててスカートを押《お》さえた夏川から文句を言われ、芦田は韻《いん》を踏《ふ》んできた。冷静に今の自分を省みると、確かに距離感がコスプレイヤーに群がるカメラ小僧《こぞう》に他ならなかった。危ねぇ……俺の本能が無意識にスカートの中を狙《ねら》いに行っていたぜ。

「け、圭……これ恥ずかしい……」

「え？　でもちゃんとエロいよ？」

「だからよ！」

夏川が芦田にも文句を言った理由はスカートにある。芦田が写真映《ば》えのために自分と夏

川のスカートの丈《たけ》を上げたからだ。夏川は戸惑《とまど》うも芦田の言うことだからと顔を赤くしながらも了承《りようしよう》。俺が思わず「え？　いいの？」と言いそうになったのは言うまでもない。二人の生脚《なまあし》の魅力が引き立つのもそうだけど、顔を真っ赤にしてもじもじする夏川の破壊力《はかいりよく》がやばい。目を背《そむ》けろというのが無理な話だった。

とはいえ俺にとっては嬉しさ半分、戸惑い半分。夏川が前向きじゃないのもそうだし、こんな二人の姿を周囲から見られ続けるのも近しい異性としては複雑なものがある。だから俺の願望を乗せて夏川をフォローする事にした。

「てか全身要らなくね？　二人の顔とクレープ入れたらそれで良いじゃん」

「えー、そう？」

「夏川と芦田ならそっちのが良いだろ。二人とも可愛いんだし」

「うえ⁉　そ、そっかな……」

「ま、またそういうこと……」

満更《まんざら》でもない様子の芦田に手応えを感じると、夏川が文句を言いつつ後ろを向いてスカートの丈を戻した。膝上《ひざうえ》の防御力《ぼうぎよりよく》が上がって俺もホッとする。芦田も丈を元に戻したところで、俺はさっさと写真を撮ることにした。さっきからデリケートな動きが多すぎてドキドキするんだよ。

「じゃ、寄りで」

「へっ……!?」

全身を入れる必要も無いから二人に近づいてスマホを構える。今度はスタイルとか気にしなくて良いから俺もそこまで画角にこだわる必要がない。強《し》いて言うなら後ろの景色のバランスかな？

「ちょっ、さじょっち……！　い、いったん休憩《きゅうけい》しない？」

「クレープ溶けるぞ」

「そ、そだね……」

「ほら、夏川も。頬寄せて」

「う、うん……んっ……」

「んんっ……」

夏川と芦田が頬を寄せ合いピトッと付ける。その際に至近距離で伝わった艶《なま》めかしい声はまさに大人向けのＡＳＭＲ。二人が反対の頬に彩《いろど》り豊かなクレープを添《そ》えたところで――せーの、パシャリ。

「あれ、あんまり笑顔《えがお》じゃ――おおっ……！」

「……っ……！」

撮れた写真を見て思わず感嘆《かんたん》する。当初は同じ構図であざと可愛く撮れさえすれば良かったものの、結果的には青春の甘酸《あまず》っぱさを凝縮《ぎょうしゅく》したようなものを感じさせる珠玉《しゅぎょく》の一枚となった。スマホ画面を覗いた二人がこれを見てギョッとした顔をしているのは気のせいか。

ポーズだけを見ればノリノリなものの、表情は恥ずかしさを隠しきれていない二人。ほんのりと桜色に染まった頬と、照れくささを誤魔化すように一生懸命《いっしょうけんめい》こちらを見つめる目線が別のベクトルで二人の良さを際立《きわだ》たせている。夏川は当然として、陽キャの芦田も切なそうな顔をしているのがまた良い。この作品に題名を付けるとすれば『キスの覚悟《かくご》』。これぞお互《たが》いを意識した〝女の顔〟と言えるだろう。

「これはバズるぞ……！」

「「消して！」」

「ああっ……俺のスマホ……！」

かっ攫《さら》われたスマホが戻ってきた時にはさっきの写真は消えていた。良かったのに、と言いながら消した理由を訊《き》いたら二人から「ダメったらダメなの！」と顔を真っ赤にして言われた。そんなに怒《おこ》らなくても良いじゃん……。いや、冷静に考えたらあんな二人の顔をSNSで不特定多数の人間に見られるのは何となく嫌かもしれない。

「さ、三人で撮ろ！　さじょっちも入って！」

「え？　おれ邪魔だったんじゃ……」

少し溶けてやや照りを見せ始めた生クリームを見せながら芦田が急《せ》かして来る。

「良いの！　ほら、早く！」

まぁ、ＳＮＳに写真をアップするかもしれない芦田が良いならいっか。

身長差や性別的なバランスで俺が二人の後ろに立ってセンターを飾《かざ》る事に。良いんですかぁ？　なんておどけつつ何とか三人が収まるようにスマホを構えようとすると、サッと芦田のスマホと差し替《か》えられた。使うカメラアプリは違わないのに何でだ。

芦田プロデュースで俺は口に唐揚げを咥《くわ》え、二人はさっきとやや距離を開けて似たようなポーズをする。俺がスマホを持つ右手を斜《なな》め上に掲《かか》げると良い感じに全員が収まった。ん、ちょっと……二人と距離近すぎて俺が緊張《きんちょう》するな……二人もちょっと気まずそうだし。

――――ええい！　ままよ！

「はい！　ひーふ（チーズ）！」

「ぷっ……」

気合いを入れて撮る。掲げたスマホの画面には、唐揚げを咥えて必死そうな顔をする俺と、吹《ふ》き出して笑う二人が写っていた。はいはいはーい、やり直しを要求しまーす。

「だめ！」

「はんれ（なんで）」

「何でも！」

芦田からは断られ、夏川からは理由なき却下《きやつか》がくだされた。スマホもさっさと回収されたし。夏川さん……？　さっきからその断り方は愛莉《あいり》ちゃんの教育に宜《よろ》しくないのでは……？　二人が楽しそうだから俺は良いけど、愛莉ちゃんは納得しませんよ？　おっとと、唐揚げが美味《うま》くてヨダレが……。

もぐもぐと食べてると、俺ら三人のメッセージグループにさっきの写真が貼《は》り付けられた。笑う二人に比べて、必死になって目をかっと見開いてる俺のダサさよ。はぁ。

「…………これ、大丈夫？」

「えー？　大丈夫だよ？」

「……そっか」

俺のダサさは別として、スマホを持って腕を伸《の》ばす俺がまるで二人を胸に抱《だ》き込んでるようにも見える。こんな写真が芦田のSNSで投稿《とうこう》されたら炎上《えんじよう》してフォロワー減るんじゃね？　なんて思ってしまう。や、投稿しなければ良いだけの話なんだけど。

ポコン、と通知音が鳴ってスマホに映る写真がスライドした。夏川と芦田のツーショットだった。あ、俺がこうしてる間に撮ったんですね……うん、こっちの方が良いと思う。

◆

記念写真を撮ってもぐもぐタイムを終えると、次に回る場所は夏川が手を上げた。どうやらお目当ての催《もよお》しがあったらしい。

「絵本屋さん？」

「うん、在校生の有志で開いてるって、圭が」

「へぇ、パンフレットに載《の》ってないんだな」

部活や委員会ごとの企画《きかく》リストは各リーダーのみが握《にぎ》っていると聞いている。肝心《かんじん》の来校者に配られないという不親切さ。これは来年の文化祭への課題となるだろう。たぶんもう俺が関わる事はないと思うけどな。

「部活の企画は一緒《いっしょ》くたに書かれてるからねー。せめて文化系とスポーツ系くらいは分けてよって感じ」

「わかった。姉貴に文句言っとくわ」

「ちょっ……やめてよ⁉　ぜったいやめてよ⁉」

おや？　それはフリかな？

なんて返すと腕を掴《つか》まれガクガクと揺《ゆ》らされた。冗談《じょうだん》だと芦田を見ると割とガチで焦《あせ》っているようだった。ただ存在するだけで恐《おそ》れられていく生徒会副会長とはいったい……。

そんなに姉貴が怖《こわ》いならその弟の俺には優しくしといた方が良いんでねぇかい？

乱暴に袖《そで》を振《ふ》り回す芦田を引き離したところで、夏川が恐る恐るといった様子で問いかけてきた。

「えっと……良い、かな？」

「おお、別に良いよな？　芦田」

「うん、良いよ？」

「その――興味ないんじゃないかなって……」

「……え？　俺が？」

何故か俺だけを見て確認《かくにん》してくる夏川。どこか怯《おび》えているような様子が不本意というか、そうされる心当たりが無さ過ぎて思わず自分を指差して訊き返してしまう。

そもそもそんな気にすることか？　興味があるかと言われたら確かにそんなにかもしれないけど、それじゃ楽しめないかって言われると話は別だ。愛莉ちゃんを思って絵本を吟《ぎん》味《み》する夏川を見れるし、俺や芦田も愛莉ちゃんが好きそうなものを探す事を楽しめそうだ。夏川に限らず、こういうのは存分に付き合うべきだと思うし。

さらに意外なのは夏川が俺に対してそこまで気遣《きづか》うところか。や、気遣うにしてはどこか大袈裟《おおげさ》すぎるような……何だか接待されてるみたいで体がムズムズしてしまう。距離が近くなったようで離れたような……。

チラッと芦田を見ると、こちらも黙って俺の返事を待っているようだった。普通、か……？　いつもの芦田なら直ぐに「気にしなくて良いよー」なんて割って入って来そうなものだけどな。

「そんなの気にしなくて良いって。興味あるし」

「う、うん……ありがと」

「お、おう」

安堵《あんど》したのか、ホッとしたように微笑《ほほえ》む夏川。素直《すなお》に嬉しさを表現されて動揺《どうよう》してしまう。惚《ほ》れている自覚がある分、自分の体温が上がったのが分かりやすく感じられた。しかし夏川に惚れて二年以上の俺、こんな事で動揺を表に出すほど甘くはない。冷静さを装《よそお》ってエスコートさせていただこう。

「じゃあ——行こ？」

「お、押忍《おす》」

おで、なつかわ、ついてく。

2章 女の魅力

文芸部、と言われてまず思《おも》い浮《う》かぶのは、静かな空間でじっと座《すわ》って本を読んでいる光景だった。聞き馴染《なじ》みのある部ではあるものの、俺にとってその活動内容は謎《なぞ》に包まれたままだった。うちの学校にも過去に文芸部はあったらしいけど、活動内容の薄《うす》さから無くなってしまったという。今ではさしずめサークル活動みたいなものか。在校生の有志の寄せ集めでありながら、絵本を作るみたいな創作活動もしているらしい。こうして文化祭で場所を確保してイベントも開催《かいさい》できたんだ、大躍進《だいやくしん》と言えるだろう。

「けっこー賑やかだね！」

「絵本、だもんね」

普通の本屋と違う雰囲気に、芦田《あしだ》も夏川《なつかわ》もワクワクしているようだ。

客層、と言って良いのか分からないけど、有志の文芸好きが使っている多目的ホールは小さな子供が多かった。きゃいきゃいと甲高《かんだか》い声が溢《あふ》れる空間にどこか懐《なつ》かしさすら覚える。図書室で開催していない理由が何となく分かった。

見た感じここを開いているメンバーは三年生の女子の先輩《せんぱい》と二年生の男女一人ずつ、一年生の男子が一人という計四名の少数精鋭《せいえい》のようだった。読書家なんてどちらかと言えば芸術家肌《はだ》で社交的な方が少数だろうし、ママさんからの質問やキッズの無邪気《むじゃき》な言動への対応にてんやわんやしているようだった。

「お。歴代受賞作コーナーだってよ」

「受賞？　うちの高校の？」

「らしいね……あれ？　この本、知ってるかも……」

「あ！　あたしもそれ見たことある！」

「俺もだ……」

題名は『おててのわんわん』。あらすじをラノベ風に語ると、指を使って表現したワンコが現実世界に顕現《けんげん》し、お留守番中に寂《さび》しい思いをしていた女の子と一緒に遊ぶ、という内容だ。一頻《ひとしき》り遊ぶと、女の子はママの腕の中で目覚め、夢だったと気付く。しかし目の前を見ると、そこにはなんと夢の中に登場したワンコがっ……！　その日から女の子に新しい家族が増えましたとさ、という激アツ展開を迎《むか》えて物語は終わる。

「確か……幼稚園《ようちえん》にあって読んだな。人気で取り合いだった記憶《きおく》が……」

「あたしも。これ読んで犬飼いたいってパパに駄々《だだ》こねたの覚えてる」

「……だから家には無かったのかもな」

地元民に犬派が多いのはこの絵本の影響《えいきょう》もあるのかもしれない。俺は漫画の影響で猫《ねこ》派だけどな。姉貴も飼うならペルシャ猫とかセレブなこと言ってたし猫派なんだろうな——本人もキャットファイト得意だし。

「愛莉《あいり》ちゃんの好みとかあるのか？」

「もう五歳《さい》だし……ちょっと上級者向けなのが好みかも」

「う、うん……？　上級者向け？」

上級者向けとは……ダメだ、直前にキャットファイトとかくだらないこと考えてたから変なイメージが浮かんでしまう。謎に姉貴がジャーマンスープレックスする光景が頭に浮かんだ。いけっ、そこだ……！

「へぇ……冒険《ぼうけん》物とか？」

「好きだろうけど、絵本ではあまりないんじゃないかな……小さな子とか動物が探検する話とか……わくわくする感じのやつじゃない？」

「うん。ここにあるのは……持ってるかな」

「じゃあ、あそこの子供たちが居るコーナーに行って選ぶか」

「ちょっと待って、先に声を高く調節する」

「何でわざわざ幼くするの」

そう言いながら有志の生徒がてんやわんやしてるコーナーに近付く。小さな女の子がこちらを振り向いて俺を見ると、ビクッと怯えた表情になってそこから離れた。この感情は……悲しみ？　俺は悲しんでいるのか？

「怖がらせちゃったね」

「説明してる先輩達《せんぱいたち》ならまだしも、何でもない高校生が後ろから三人近付いて来たらね」

「俺、出てようか？　学校から」

「ショック受けすぎよ」

近付くだけで逃げられるとか、もう子供が苦手とかの話じゃないよな。愛莉ちゃんも俺を見る度《たび》に「出たな怪人《かいじん》っ……！」と言わんばかりに攻撃《こうげき》してくるし。なるほどな……純《じゅん》粋《すい》な幼児を前に、もはや姉貴から（無理やり）引き出された俺の潜在《せんざい》能力は隠すことが出来ないということか。とうとう……この領域まで来てしまったんだな。

有志のメンバーの中で、おそらく雑用担当であろう男子生徒に話しかけてみる。

「たくさんあるんだな」

「本当に。コンクールに出しもしないのに衝動《しょうどう》で書いてたりするから」

歴代受賞作とは異なり、他の絵本は長机の本立てに立てかけられていたり、そのまま横に置かれていたりと雑多になっていた。謎に高級感のあるサテン生地《きじ》のクロスの上に置かれているから宝の山のように見える。もしかすると本当に名作が隠れてるんじゃ……？

「へぇ……お。男の子向けっぽいのが」

「あっ、それは……」

どれどれ……『でんせつのつるぎ』。

はるかむかし、まおうというわるものがふっかつし、せかいをしはいしようとしていた。おおくのひとびとがまおうにたちむかったが、だれもたおすことができなかった。そんなとき、いなかのむらでひとりのゆうしゃがたちあがる。

ゆうしゃはせいぎのこころにめざめると、まおうをたおすためにでんせつのつるぎをさがすたびにでる。おうこくのみやこをめざしていると、もりのなかでおんなのこのひめいがきこえてきて——

「…………これは」

「えっと……二〇〇三年頃《ごろ》に作られたものだね」

「おう……」

そんなに前の——そうか……ファンタジーの始祖よ。

ペラペラとページを捲《めく》って行くと絵本のイラストというには少年漫画チックな美少女がイラストで描《えが》かれていた。そのタッチを見てるだけでノスタルジーな感覚が俺の心を染め上げる。まだ俺生まれてないのにな。

これはある意味お宝を見つけたかもしれない。絵本サイズで、かつ絵本にしては謎の分厚さがあり、全てひらがなという地獄《じごく》の構成を除けば非常に価値のあるものなのではないか。その謎を解き明かすため、俺はアマゾンの奥地《おくち》に向かうと誓《ちか》った。

「……」

ページを捲って行くと、でんせつのつるぎの名前は『えくすかりばー』だということがわかった。どうやらどんな金属よりも硬《かた》いドラゴンの素材で作られていて、振ると斬撃《ざんげき》が飛ぶらしい。

同じ男として、かつての文芸部がこの名作を母校に残した勇気を賞賛したい。ぜひこの書物は売れ残ったまま未来へと引き継《つ》がれていってほしい。むやみに触《さわ》って紙を傷《いた》めまいと、そっとサテン生地の机の上に戻《もど》した。

「——ねぇ見て愛ち。五歳の女の子が超《ちょう》イケメンの王子様に『おもしれぇおんな』って言われてラブラブになっていく絵本があるんだけど」

「戻して」

絵本って、奥深《おくぶか》いんだなぁ。

◆

「どーゆー絵本が受賞するか分かるようになった気がする！」

「ひとえに全年齢《ねんれい》対象の文章を書きゃ良いってもんじゃないんだな……」

「ああいうのはダメなのっ」

と、おっしゃる夏川の手には我《わ》が校《こう》限定の可愛らしい手提《てさ》げ袋《ぶくろ》。中には二冊ほどの絵本が入っている。話の内容は普通《ふつう》でも、一般的《いっぱんてき》な絵本と比べて線が細く綺麗《きれい》な動物のイラストが良かったらしい。これなら愛莉ちゃんも喜ぶはずと満足げだった。

「次はどこに行く？」

「俺《おれ》は体育館でやってる手芸・服飾《ふくしよく》部主催《しゆさい》のファッションショーは見たい」

「うわさじょっち、あたし達と居て女の子が見たいとか」

「や、人気投票があって、知り合いから『自分を選んでくれ』って頼《たの》まれてさ」

文化祭の初日であった昨日、途中《とちゆう》で鉢合《はちあ》わせたお嬢《じよう》こと東雲《しののめ》・クロディーヌ・茉莉花《まりか》から頼まれたんだ。やっと名前を覚えた。向こうはまだ俺を間違《まちが》った名前で呼んで来るけどな。女子に望まれるなら仕方ない。応えてやるのが男の鑑《かがみ》よ。

「せっかくなら見ときたいだろ。楽しみたいなら今のうちにパンフレットのＱＲコードから投票アプリインストールしとけ？」

「『頼まれた』って……何それ女の子？　八百長《やおちょう》じゃん。そういえば、コンテスト形式なんだっけ？」

「ミス鴻越《こうえつ》に選ばれるってわけじゃなさそうだけどな」

そもそもエントリーしてるのは三年生が多いって話だし。まぁこういうのは高校最後の記念にってやつだよな。そこに飛び込んでエントリーした一年生の東雲のお嬢は鋼のメンタルを持っているに違《ちが》いない。そもそも金髪《きんぱつ》のハーフだし、服飾部からすりゃこれ以上ないモデルなんだろうな。

「でも……まだちょっと時間あるみたい」

パンフレットのイベント欄《らん》を見た夏川が言う。そうやって返してくれるって事は、ファッションショーを見に行くことは反対じゃないみたいだ。

「あ！　じゃあ先にもう一つの手芸部の方に行こうよ！　『手芸部企画』って書いてるけど、たぶんアクセサリーとかでしょ⁉」

「どうだろ？　行ってみよっか」

「さじょっちもおいで！」

「え、今日ってどっか回る度に仲間かどうか判定されるシステムなの？」

野良《のら》パーティーの助《すけ》っ人《と》かよ。確かに昨日は違うパーティーだったけど。タンクは任せてください。打たれ強さには自信があります。

意気揚々《いきようよう》と一人向かい出した芦田に慌てて付いて行く。芦田がアクセサリーを着けてるイメージはあまりなかったけど、興味あったんだな。

手芸部、か。さっきの文芸とは別で、こっちは布を扱《あつか》う物なら何でも手広くやってるイメージだ。だからこそ同じ部活の中で手芸と服飾で分かれてるんだろうけど。あと部員全員女子力高そう。シルバーアクセとかも置いてるのかな。さすがに値が張るようなものは置いてなさそうだけど。

「──ね、ねぇ」

「ん？」

腕《うで》を小突《こづ》かれた感触《かんしょく》に顔を上げると、夏川が横を歩いていた。絵本屋さんに行く前のように顔色を窺うような表情だった。自然と近くから見上げられる形になってドキドキする。嬉《うれ》しさを飛び越えてもはや心臓への負荷《ふか》なんだよな、これ。

「さっきの………『自分を選んでくれ』って」

「う、うん……？　ああ、ファッションショーの事か……」

焦った……夏川が突然《とつぜん》「選んでくれ」なんて言うからちょっと驚《おどろ》いてしまったぜ……さっきから俺の心を弄《もてあそ》んで来やがる。でも俺ぁ知ってんだ、天然でそういう事して来る女は魔性《ましょう》なんかじゃなくて良い女だって事をな。

「それって……お姉さん？」

「いや、違うけど」

「え……」

姉貴はそもそもそんな八百長じみた事はしないし、俺から選んでもらうなんて期待すらしないだろう。今でこそ生徒会副会長なんて立場だけど元々はヤンキーという日陰者《ひかげもの》――人前に立ってアピール決《き》め込んで目立つような真似《まね》を自分からしたがるような性格じゃない。仮に姉貴だったとしたらそんなファッションショー見に行かないし。

「じゃ、じゃあ……四ノ宮《しのみや》先輩？　他の風紀委員の人たちとか……」

「ああいや、先輩じゃないんだ。同じ学年」

「おなじ……」

「ほら、夏休み前の。金髪ハーフの高飛車なお嬢様《じょうさま》」

一学期の期末テストを終えたあと、わざわざ学年順位二位だった夏川の顔を拝みに来たお嬢。やたら夏川に突っかかっていた記憶がある。そういえば生徒会役員になりたいとか言ってたっけ？　そんだけ成績よかったらもしかするかもな。

「金髪ハーフ……お嬢様……」

「モデル向きだよなー。洋風の顔っていうか。確かにああいうのが一人いるだけでパリコレ感が出てシャレオツだよな」

「――――えっと、誰《だれ》？」

えっ。

◆

手芸部の部員は女子しかおらず、随分《ずいぶん》と気位の高そうな生徒が多かった。どうやら昔から〝西側〟の生徒が多いらしい。生徒会の連中から〝東側〟との因縁《いんねん》を聞いていたから少し身構えたものの、分け隔《へだ》てなく接してくれた――接してくれたけど、着飾《きかざ》ることに関して口が回ること回ること。特にアクセサリーを試着した芦田に対するセールストークは口を挟《はさ》む隙間《すきま》すらなかった。

『貴女《あなた》の見た目だと多少は攻めたものを身に着けるべきね。肉付きやヘアスタイルから見てスポーツ関係の部活をしているようだけど、だからこそギャップの可能性に幅《はば》を持たせ《せ》ることができるわ。特にその薄い桜色の唇《くちびる》はどんな高級アクセサリーよりも強い魅力《みりょく》を秘《ひ》めているはず。だったらそれはいつ引き立てるべきなの？　今でしょ』

などと高級ジュエリーショップの販売員《はんばいいん》みたいな解説をいただき、芦田は詳細《しょうさい》に褒《ほ》めちぎられ骨抜《ほねぬ》きにされ、文化祭の企画にしては割高のイヤリングを購入《こうにゅう》。正しい着け方などのアフターサービスまで手厚く賜《たまわ》って今に至る。プロかな？　あの先輩の将来、きっと安《あん》泰《たい》なんだろうな。

「どおどお？　似合ってる？」

「うん、可愛《かわい》い」

「ふふん♪」

「ご機嫌《きげん》だな」

「イヤリングデビュー、だからね！」

ハイテンションでくるくる回る芦田は耳に小さなパールのイヤリングを着けていた。パールって言ってもレプリカみたいだけど、本物より小さく、主張控《ひか》えめでかつ薄く桃色《ももいろ》がかったところが芦田の趣味《しゅみ》にマッチしたようだ。

「愛ち、撮《と》って撮って！」

「うん——はい、チーズ」

「えへ」

「……動画だよ？」

「もー！」

なんて言いながらもニッコニコの芦田。そんな芦田を見て夏川も嬉しくなったのか、思わずイタズラするくらいにテンションが高い。俺もされたい。

確かに、いつもよりスマイル咲《さ》き誇《ほこ》ってる芦田は一瞬《いっしゅん》を切り抜《ぬ》いた写真より動いている方が可愛い、かもしれない。夏川のことだからそんな意図もあったのだろう。

改めてちゃんとポーズも決めて写真を撮った芦田。夏川が加工するとのことで、その間にこっちに見せつけてきた。

「ふふん」

「わかったわかった。超似合ってる」

どうだ似合ってるだろ！　と言わんばかりに俺にドヤ顔を見せる芦田。女の魅力という点で芦田がここまで自信満々なのも珍《めずら》しい。無自覚ムーブが専売特許の芦田がこう出てくると中々の強敵だ。

「えー、雑。もっとちゃんと褒めてよ」

「バズる顔してんな」

「なんか違うんだけど！」

俺としたことが夏川を前に照《て》れ隠《かく》しで芦田から目を逸《そ》らしてしまう。助言にあった通り、あのイヤリングが本当に芦田の桜色の唇を引き立てているからだ。どうにもつい目が行ってしまって、異性の唇なものだから余計に気恥《きは》ずかしい。

「──ねぇ、さじょっち」

夏川を前にして芦田に対して照れてしまったことを悔《く》やんでいると、芦田がぐっと顔を近付けてきて思わず身じろぐ。ちょっと責めるような表情だ。

「愛ちに何か買ってあげたら良かったんじゃないの？」

「や、聞いてたろ。あの先輩の言葉」

「そりゃそうだけど……」

ひそひそと不満をぶつけて来る芦田だけど、プレゼントのチョイスに素人《しろうと》な俺があのプロレベルの先輩の目の前で夏川への贈《おく》り物《もの》を選ぶ勇気はなかった。背中を押してくれるようなら話は別だったけれど。

『貴女に似合うのはここには無いわね。その宝石のような色の瞳《ひとみ》を筆頭に魅力《みりょく》に溢《あふ》れているけれど、だからこそオシャレのためにそれ以上増やすべきじゃない。皮肉な話だけど、瀟洒《しょうしゃ》なアクセサリーを身に着けるくらいなら、頬に泥《どろ》でも付けて擦《こす》った方が美しさが映えるわ』

などと宣《のたま》いやがり、夏川をしょんぼりとさせる一幕があった。決して馬鹿にしているわけじゃないだけに怒りづらい。そして夏川にそんな泥を擦り付けるようなサファリチックな趣味はもちろんない。買わせないようにするとかプロ失格だろ。プロじゃねぇけど。

「それに……夏川にはもう用意してるし……」

「え？　あっ……」

そうだった、という様子で芦田が心配そうな顔をする。そう、今月末のハロウィンは夏川の誕生日だ。その日のために用意したものは芦田だけに話していた。

「指輪、やめるべきかなぁ……あの先輩も夏川にアクセサリーはやめた方が良いって言ってたし」

「え、理由そこ？　もっと根本的な問題がない？」

「魅力溢れる夏川にこれ以上の輝《かが》きは負担にしかならないのか……」

「別の負担を感じると思うよ」

残念なものを見るような目が向けられる。イヤリングにぶら下がる小ぶりのパールが揺れているのが目に入った。そして何故《なぜ》か俺の視線は芦田の唇に行く。くそっ……なんだその唇は……けしからん！

芦田は何か異論があるようだけど、去年までの俺がブランドものをプレゼントしていたことに比べると手作りという点ではかなりマシになったと思う。値段だけでいえば普通の誕生日プレゼントに相応《ふさわ》しい。ただ、準備する期間と手間が例年と違うだけで。指輪という形になったのは偶然《ぐうぜん》の産物に過ぎない。

「たぶんだけど、あの先輩の言ってた『増やすべきじゃない』ってアクセサリー全般《ぜんぱん》じゃないんじゃないかな」

「え？」

「シルバーとか宝石とか。そういうのじゃないってだけで」

「う、うん？　つまり？」

「──圭《けい》、写真送ったよ」

「え、ほんと？」

「あ、ちょっ……」

夏川に呼ばれて芦田はスマホを確認し始めた。肝心なところ聞けなかったんだけど。凡《ぼん》俗《ぞく》な男子高校生にはその辺のセンスは手に余る。夏川の誕生日までに答えにたどり着く必要があるだろう。まだ少し時間はあるし、どこかのタイミングで改めて聞いとくか。

　そんな事を思いながら、俺も自分のスマホを確認する。

「……あれ？　写真は？」

「送ったの圭だけだから」

「あ……そっすか」

「なに、欲《ほ》しいの？　あたしの写真欲しいの？　送ったげよっか？」

「うっぜ……おうよこせよ。姉貴に見習わせる」

「恐ろしいことに使わないでよ！」

「あんた、いい加減お姉さんに敬意払《はら》いなさいよ……」

　うぎゃー、とか言いながら芦田が襲《おそ》い掛《か》かって来る。本人はポコポコと可愛らしく叩《たた》いているつもりだろうけど、日頃《ひごろ》部活でバレーボールを殴《なぐ》りまくっている芦田の力は男子と比べても遜色《そんしょく》なく、普通に痛い。

　大人の女性が身に着けるようなパールのイヤリングは、あまり見ないくらい芦田の耳たぶの下で荒《あら》ぶっていた。

3章 ❤ ❤鴻越ファッションコレクション

芦田《あしだ》の魅力に磨《みが》きがかかったところでいったん教室に荷物を置きに戻り、次はいよいよ体育館でのファッションショーが始まる。具体的には衣装《いしょう》コンテストなんだけど。かかっているお金を考えるとこの文化祭の裏のメインイベントと言っても過言ではないのかもしれない。はてさて、どんなものか……。

暗がりの騒《さわ》がしい体育館に入ると、中は男も女も関係ないくらい人で溢れかえっていた。ステージ上を見るとバスドラムを持ち上げて重そうに運んでる先輩男子。直前までバンド演奏でもしていたのかもしれない。よく見ると、周囲からはすっかり楽しんだ後のような雰囲気《ふんいき》が感じ取れた。

「もしかして、見たかったか？」

「どっちでも。楽しめたとは思うけど、愛《あい》ちが騒がしいの好きなタイプじゃないでしょ？」

「うっ……確かに。抵抗《ていこう》はある、かも……」

最近になってようやく理解したけど、夏川《なつかわ》の行動基準は愛莉《あいり》ちゃんが楽しめるかどうかだからな。フェス系は無理でも、きっと遊園地みたいなアミューズメント系の騒がしさは平気なんだろう。

ステージのそば、在校生向けのスペースに芦田、夏川、俺の順に並ぶ。

「今から始まるファションショーは大丈夫《だいじょうぶ》そう？　女子向けのイベントじゃん？」

「あたしは楽しみ！　さっきアクセサリーの選び方とかもあったから余計に！」

「うん。私もこういうのは楽しみ、かも」

反対に、俺は興味があるかって言われると答えに困るかもしれない。東雲《しののめ》のお嬢に頼まれただけだし。周囲の女子率が高くてちょっと肩身《かたみ》も狭《せま》い。俺が誘《さそ》っといてなんだけどな。可愛い子が可愛い服を着て歩いて来るという一点にのみ期待が持てる。

「おっと。そういや、アプリアプリ……」

「あ、そだ。投票アプリみたいのがあるんだよね」

「パンフレットのQRコードからだっけ？」

既《すで》にインストール済みだった俺から、二人に操作方法を教える。急ごしらえの超シンプルなデザインのアプリだし、教えるほどのものでもないんだけどな。誰が作ったのかは俺でも謎。何年か前からあるらしい。

「凛《りん》様とか歩いて来ないかなー」

「あの人そういうタイプじゃないだろ……見てみたいけど」

「……」

四ノ宮《しのみや》先輩、堅物《かたぶつ》な性格だし。その可能性は薄いだろうな。もしあの人が出て来るとするなら、小脇《こわき》に稲富《いなとみ》先輩と三田《みた》先輩を従えて腰《こし》を抱き、いつもの風紀委員ファミリーで出て来るだろうな。女子の黄色い悲鳴が頭にこだまする。

「……お姉さんとかは？」

「想像したくない」

「そんな鳥肌《とりはだ》立つみたいに擦《さす》らなくても……」

「自分の姉貴が露骨《ろこつ》に色気振りまいて歩くとことかどんな顔で見れば良いんだよ。プロレスの登場シーンならまだ分かるけど」

「似合うと思うけどな……」

夏川と分かり合えないのは悲しいけどそこは覆《くつがえ》るような話じゃない。きっとこれは姉弟《してい》ならではの感情なのだろう。自分の親兄弟がテレビ番組でアイドルとして出演してる人ってどんな心境なんだろうな。複雑なのは間違いないと思う。

「おわ、すっげ……」

ふと目線を上げると、気が付けばステージには華美《かび》な装飾《そうしょく》が施《ほどこ》され、照明の色もそれっぽいものに変わっていた。さっきまでステージの後ろに飾《かざ》られていたありがちな垂れ幕も、現代的な巨大《きょだい》スクリーンにすり変わっている。うちの学校、あんなのあったんだな。

「始まるみたい……！」

芦田のわくわくするような声と共に、アメリカンポップなミュージックが流れ始めた。

どこかで聞いたことのあるポップミュージックとともにピンク色の照明が縦横無尽《じゅうおうむじん》に動き出し、ステージトのスクリーンがパッと立ち上がる。

「わぁっ……！」

「すごい！」

画面上で『KOETSU　FASHION　COLLECTION』のロゴが躍動《やくどう》する。めっちゃお金かかってんじゃねぇのこれ。文化祭準備でいろいろあった側からすると運営側にえげつない支援者《しえんしゃ》が居そうで怖い。

本物さながらの演出に夏川も芦田も興奮してるみたいだ。まぁ……みんなが楽しめるのなら気にすることでもないか。ここは服飾部の本気を讃《たた》えるとしよう。

ステージの袖から蝶《ちょう》ネクタイをした見た事のある女子の先輩がキラッキラにデコレーションされたマイクを持って現れた。パーリーピーポーじゃん。確か放送演劇部の人で、始業式とか終業式でもMCの一人として進行のためよく登場していた。数年後には女子アナとしてテレビで見かけそうだ。

ＢＧＭの音がズンチャ、ズンチャ、と小刻みなテンポに変わったところで、通常の色に戻った照明が先輩に集中する。

『〝ファションセンスは顔で決まる〟。そんなジンクスに終止符《しゅうしふ》を打ちましょう。皆《みな》さんこんにちは。鴻越《こうえつ》高校放送部のＭＣ倉橋《くらはし》です』

かっけぇ。ラジオパーソナリティじゃん。

倉橋パイセンはパリピな恰好《かっこう》で無表情を貫《つらぬ》いている。きっと人気の理由はああいうギャップにあるんだろう。やらされてるのかな？　なんて思ったりしたけどマイクを持つ手の角度がまるで歌謡曲《かようきょく》の紹介《しょうかい》してる人だ。内心ノリノリなんじゃねぇかな……。

『変化し続ける流行に我が校の服飾部は散々振り回されて来ました。今年も秋を迎え、朝起きてテレビを付けたら去年とまったく違うトレンドが特集されていました。それが何だと言うのでしょう。いつだって流行を生み出すのは私たちＪＫ。大人たちよ、付いて来れますか――私たちの速さに』

最高にロックじゃないですか……。

会場は大盛り上がり。夏川たちの反対側、俺の左隣《ひだりどなり》で若干距離《じゃっかんきょり》を空けて立ってた知らない女子が「いえーい‼」と跳《は》ねた。振《ふ》り上げられた腕にびっくりしてこっちが萎縮《いしゅく》してしまう。女子のホームみたいな空間だし、俺が同じようにはしゃいだら悪目立ちしそうだな……大人しく見とこ。

MC倉橋によるコール&レスポンスによって場はさらに盛り上がり、ちょっとした投票アプリの説明が入ってからBGMの音がまた切り替《か》わる。いよいよランウェイでのパフォーマンスが始まるようだ。

『さぁまずは三年生から一人目。去年は明るい髪色《かみいろ》にチャイナ服を身にまとった攻めた装いだった竹本恵《たけもとめぐみ》さん。背伸《せの》びした印象を隠しきれなかった去年から一変、今年は黒髪《くろかみ》ショートでロングコートの軍服に身を包んだ勇ましい装いだ！』

コスプレかい！

登場した先輩は恥《は》じらいのない流し目の笑顔《えがお》でフッ……と自らを会場に見せ付けた。堂々とした姿から慣れている感じが窺《うかが》える。去年もこのステージを歩いたとのことだ。スクリーンに数秒間だけ去年の先輩と思われる動画が流れた。うおおおっ、チャイナ服！チャイナ服！

「あ、ああいう感じなんだ……」

「ハロウィン近いからねー。ね、さじょっち」

「お、おお……そうだな」

芦田からの謎のプレッシャーに思わず返事にまごついた。夏川を間に挟んでそんな不意打ちはやめてくれませんか……。その、夏川もチラチラとこっちを見て来るので……。

それからもいくつかのコスプレ衣装が続き、後半には『女子大生を先取り！　私服特集』なる名目で今度こそ本物に近いファッションショーが始まった。こういう学生のイベントってもっとチープな素材で作った衣装が多いイメージだけど、そういうふうには見えないな……服飾部の本気度が窺える。

「……」

「……」

ふと右を見ると、夏川も芦田も眩《まぶ》しそうにステージ上を見ていた。コスプレの時とは違って別の意味で興味津々《きょうみしんしん》のようだ。夏川と芦田の私服は見たことあるけど、あんな感じじゃないからな。まだまだお勉強中なのかもしれない。トレンドっぽいものを適当に買ってるタイプの俺が言えることじゃないけど。

バレないように夏川の横顔をガン見してると、MC倉橋が次のモデルの紹介を始めた。

『さぁ続いては一年生から東雲・クロディーヌ・茉莉花《まりか》さん！　名前の通りハーフの美少女の登場だ！　フランス由来の自らの素材を活《い》かし、先輩達に挑戦状《ちょうせんじょう》を叩き付ける！　果たしてその真価は発揮されるのか⁉』

「おっ、きた」

聞き覚えのある横文字交じりの長い名前。テストのときはフルネームを書かないといけないのだろうか。苦労してそうだ。ハーフだとは分かってたけどフランスだったんだな。普通に日本語で話してたけど、外国語とか話せるのかな……学年一位だもんな。そもそも生まれはどっちなんだろ……。

「さじょっちが応援《おうえん》してる子だっけ？」

「そうそう。知らない仲じゃないし、どんな姿で出て来るんだろうな。興味ある」

「……む」

顔を合わせて数回。今のところは高飛車なのにどっか抜けてる残念系お嬢様なイメージだけど、西洋の血が入った見た目は確かにモデルをするのにぴったりだ。八百長《やおちょう》紛《まが》いな悪だくみなんてしてるけど、わざわざそんな事しなくてもいい線行くんじゃなかろうか。お手並み拝見といったところだ。

「さてさて、どんな――」

「え――」

ステージに目を向け、言葉を失う。

目を引いたのは、キラキラと輝く金髪。

オーラを纏《まと》ったかのようなそれは、持ち主の威風堂々《いふうどうどう》とした歩みに合わせて一定のリズムで揺《ゆ》れ、その後ろに光の粒《つぶ》を残して行く。ホコリか何かだと思うけど、そんなものですら余すことなく自らの魅力に変化させるあの立《た》ち居振《いふ》る舞《ま》いは手放しで賞賛できるものだった。

「ほぉ……」

感動で溜《た》め息《いき》が出たのは初めてかもしれない。

チラリと肩《かた》だけが出た長袖《ながそで》のオフホワイトのタートルニット。茶色いブーツのヒールがスラリと伸《の》びた脚《あし》の長さを際立たせている。ゆったりとしたショートパンツとキャスケットに使われた挿《さ》し色の赤が目立つものの、何よりも光《ひか》り輝くウェーブがかった金髪が負けないくらいの存在感を放っている。

〝可愛い〟が〝美しい〟に化ける瞬間《しゅんかん》――それを垣間見《かいまみ》た気がした。

「わぁ……」

「すごい……」

本物のモデル顔負けの光景に芦田も夏川も圧倒《あっとう》されているようだった。周囲の反応も気になるところだけど、不思議と視線がステージ上の光の塊《かたまり》に引き寄せられてしまう。

――本気出したなぁ、お嬢。

21

思わずそう感心するほどの出来映《できば》えだった。夏川の優《やさ》しさに初めて触《ふ》れた時のように鼓《こ》動《どう》が加速している。二つの鼓動の違いを挙げるとするなら、これは優しさではなく魅力の暴力。有無《うむ》を言わせない存在感で他との格の違いを見せ付けてきた。ただ歩くだけでパフォーマンスと納得《なっとく》してしまうのはきっとかなり凄《すご》いことなのだろう。

「……あ、二十一番か」

「あの札いらないよねー」

「あれが無いと番号がわからないから……」

本気のお嬢の魅力に水を差す小さな存在。ポップな黒文字で㉑と書かれた丸札がお嬢の腰に引っかかっていた。まぁ仕方ない、番号がわからないと投票できないし。他の先輩達も同じ条件だ。

身を翻《ひるがえ》したお嬢は腰まで伸びる金髪で正面を払い、堂々たるウォーキングでステージの奥《おく》に戻って行った。マジで凄かったな……そもそもがあの素材だし、きっとその気になりゃお嬢にとって似合わないものなんてないんだろうな。男の俺ですら羨《うらや》ましく感じる。

それからというもの、ステージの袖《そで》から出て来る他の女子のパフォーマンスには同じ感動を感じなかった。申し訳ないけど西洋とのハーフという顔の作りの違いから来る利点を最大限に活かしたお嬢は反則級に強すぎた。

己《おのれ》を磨き上げた先輩達とお嬢、そして服飾部の集大成を見届け終わると、会場の照明とBGMの音が落ち着いたものに変わって行く。どうやら演者の登場はこれで終わりらしい。

『魅力的《みりょくてき》な女の子達《たち》に会場の男の子は目が釘付《くぎづ》けだった事でしょう。そんな貴方《あなた》たちに残念なお知らせがあります。この三十人の中からたった一人だけ、あなたの推《お》しを選ばなければなりません。さぁ、逃《に》げないで。運命の時間の始まりです』

最高だったよMC倉橋。

満足の感謝を込《こ》めてサムズアップしたその先で、ステージの両袖《りょうそで》からモデルを務めた先《せん》輩《ぱい》たちが登場して並んで行く。いよいよ投票タイムだろうか。文句なしだったよお嬢。お前がナンバーワンだ。

「さすが、さじょっちの推しだったね。感動すら覚えたよ」

「だろ？　俺が育てたんだ。あと別に推しじゃねぇから」

「別に育ててもないでしょっ」

つんっ、とした夏川の的確なツッコミにぎゃふんとしながらスマホを取り出す。指定のアプリを立ち上げると、投票可能な画面に切り替わっていた。モデルの名前は表示されないのか……。えーっと？　確かお嬢は二十一番だったよな。ここで間違えたら怒《おこ》られそう。特定なんてできないだろうけど。

素直《すなお》に二十一番に投票する。頼まれてたとか関係なしに文句なしの結果だった。やればできるじゃねぇかお嬢。

夏川と芦田に尋《たず》ねると、二人もお嬢に票を入れたようだった。同じ一年生であることから応援の気持ちも大きかったらしい。俺も西洋人とのハーフに生まれたかったな……佐城《さじょう》・ブイヤベース・渉《わたる》みたいな。何か香《こう》ばしい名前だな……何だっけ『ブイヤベース』って。

『さぁ、ここで投票タイムは締《し》め切《き》りとなります！　ただいま集計中ですのでしばしお待ちください！』

「他に知ってる人居なかったなー、凛様とか」

「出るなら絶対男装だったろうな。執事《しつじ》服とか。黄色い悲鳴が上がる光景が目に浮《う》かぶ……」

「やめてよー、余計に見たくなるじゃん」

「今度頼んでみるわ」

「ホントに⁉」

「いけるいける。多分チョロい」

「あんた、先輩を何だと思ってるの……」

そんな事を話してると、ＢＧＭの音が再び大きくなり、ステージ上に向けられる照明もつられて強くなった。ステージの袖からパフォーマンスをした演者が順番に出て来て前のステージに並ぶ。その中でもやっぱり金髪ハーフのお嬢は異彩《いさい》を放っているように見えた。何より自分の出来に大満足しているのか、ムフンとドヤ顔を浮かべて腰に手を当てている。最後まで大人な表情をしろよ。

するとお嬢がキョロキョロと観客席を見渡《みわた》して何かを探し始めた。


「あれはっ……俺を探してる⁉」

「違うでしょ」

「違うでしょ」

期待したって良いじゃない！

二人から白い目で見られていると、そんな俺たちが目立ったのか、ステージ上のお嬢と本当に目が合った。それはそれで知らない仲でもないからキメ顔でサムズアップを向けておく。

「『お前じゃねぇ』って顔してるけど、あの子」

「いや、あれは照れ隠しだ。俺には分かる」

「違うでしょ」

「そういえば……結構ツンとした子だったような……」

俺の精一杯《せいいっぱい》の強がりも全否定され、お嬢は誰かを探すのを諦《あきら》めたのか正面をじっと見てマネキン人形と化した。何でちょっと不満そうなんだよ。

『ただいま投票の集計が完了《かんりょう》いたしました。それでは！　結果の発表に移ります！』

ガヤガヤと周囲が騒がしくなる。誰が一番のパフォーマンスだったのか気になっているんだろう。男の目線と女の目線じゃ評価基準が違うしな、目を奪《うば》われただけの俺と違って意外と票が散らばる可能性がある。さぁお嬢……一位なるか？

『鴻越高校《こうえつこうこう》第四十九回文化祭――鴻越ファッションコレクション！　今年の最優秀賞を飾る女の子は一体誰なのか！　さぁ！　結果は！』

会場全体が暗くなり、ドラムロールが鳴り響《ひび》く。体育館の上で照明係が懸命《けんめい》にライトを『8』の字に動かしている。あれやってみたいな……。

『最優秀賞は――この方です！』

バンッ、というドラムのストロークと共に全ての照明が束になり、一筋の光となってある一点を差す。その先に居るのは――

『エントリーナンバー、二十一番！　一年生から初入賞！　東雲・クロディーヌ・茉莉花さんです！』

「おおっ……！」

会場全体から歓声《かんせい》と拍手《はくしゅ》が上がる。ヒューヒューという指笛が至る所から鳴らされた。

どうやら観客みんなが文句なしの結果だったらしい。よしっ、俺《おれ》もやろう！　フシュー！

フシュー！　よしー　大人しく拍手を送ろう！

「スゴかったね～、八百長とか関係なく文句なしの一位だったよ」

「頑張《がんば》ったんだろうね」

「来年出る？」

「えっ、それはちょっと……愛ち、宜《よろ》しく」

「ええっ……!?　でも私、身長とか……あと人前とかあまり……」

「大丈夫だ、俺が百票入れとくから」

「不正票じゃないっ……！」

ステージ上ではお嬢《じょう》が両隣《りょうどなり》の先輩に祝福されている。普通《ふつう》なら「一年生ごときが生意気な……」な感じになりそうなものだけど、よほど頑張る姿を見せていたんだろう。きっと結果だけじゃなくて、俺ではわからないストーリーがあったんだろうな。

袖から服飾《ふくしょく》部の部長さんが現れて、お嬢にガラスのトロフィーを渡《わた》す。心なしかお嬢が少し涙《なみだ》ぐんでいるように見える。どんな背景があったかは分からないけど、後でおめでとうの一言でも言いに行くか。ドヤ顔で自慢《じまん》されそうだけど。

「いやぁ……不憫《ふびん》な残念系お嬢様と思ってたけど――えっ？」

「えっ、なに⁉」

その瞬間――会場の照明が落ちて真っ暗になった。突然の暗闇《くらやみ》に周囲で動揺《どうよう》の声が広がる。誰かが俺の右腕《みぎうで》をきゅっと握《にぎ》った。方向からして夏川しかいない。命に代えても守らせていただきます。さぁ、どんな奴《やつ》でもかかって来い。

『おおーっと突然の暗転！　これはハプニングでしょうか⁉　どうやら鴻越の神様がまだ終わって欲しくないと駄々《だだ》をこねているようです！』

マジかよ神様。

神の悪戯《いたずら》により暗闇に包まれた俺たち。どうやら会場に閉《と》じ込められたらしい。これからデスゲームが始まるようだ。俺は夏川を守るために命を差し出すことに決めた。来世でまた会おうぜ。

――なんて冗談《じょうだん》はさておき、MC倉橋のわざとらしい口ぶりから察するに最初から仕組まれた暗転のようだった。どうやらライブのアンコールのような何かが俺たちを待っているようだ。ファッションショーのサプライズって何だろ……芸能人登場とか？　本物のモデルさん現れたりする？　それとも女優さんとか？

『ステージ上に照明が点《とも》った！　黒い暗幕が何かを覆《おお》い隠しております！　いったい、その向こう側には何があるというのでしょうか⁉』

とんでもない演出だ。ステージ上に並ぶ演者たちが慌《あわ》てて暗幕の前から退いた。きっとその向こうには大物の誰かが控えているに違《ちが》いない。シルエットすら見せないたぁ罪な真似しやがる。そんなにハードル上げて大丈夫か？　黄色いスーツのおっさんが両手をピストルの形にして突《つ》き付けて来るだけだったら大事故だぜ？

『いざご開帳！　本日のトリを飾るのはこの方々――！』

売れてるお笑い芸人？　それとも秋葉坂４６⁉　ガチのライブ始まっちゃう？　文化祭やべーな！　ここからが本番だ！

テンションアゲアゲ最高潮だぜこの野郎《やろう》！

『――生　徒　会　の　皆　さ　ん　で　す　！』

ふざけんなこの野郎ァ！

これでもかと期待感を高めて紹介された姉貴と愉快《ゆかい》な仲間たち。舞台《ぶたい》装置で吊《つ》り下げられた暗幕がガバッと天井《てんじょう》に引き上げられ、一気に姿を現した。

「…………ええ……」

何よりも先に目に飛び込んできたのは燦々《さんさん》と煌《きら》めく純白のウェディングドレス。生で目にしたからか、その豪華《ごうか》さと来たらテレビドラマなんかで見るものを上回る煌びやかさを誇っており、服飾部の本気度が窺える。や、アレそもそも服飾部が作った衣装？

そんな白の塊の両脇《りょうわき》を固めるは四人のイケメン。高身長を活かして白いスーツやらタキシードやら燕尾服《えんびふく》やらそれぞれ違う種類の衣装に身を包み、堂々たる佇《たたず》まいで煌びやかさを見せ付けていた。内側の生徒会長こと結城《ゆうき》先輩はクールな佇まい、反対側の花輪《はなわ》先輩は微笑《びしょう》を浮かべ、二人で姉貴の手を取っている。

「す、すごッ……！」

「きれいっ……！　ちょっと、渉、見てっ……！」

「あ、うん、見てる……見てる」

大興奮の芦田と夏川。夏川に至ってはまるで憧《あこが》れの対象の登場を喜ぶかのように俺の腕《うで》をぐいぐいと引っ張って揺らしてくる。おかしいな……夏川には姉貴のゴリラ性を入念に語ったつもりなんだけど……。

第三者からすれば憧れの対象かもしれないけどな……成人にも満たない実の姉の花嫁姿《はなよめすがた》を見てどんな顔をしろってんだよ。これがいわゆる〝複雑な心境〟ってやつか……。

『な、何という事でしょう……！』

何て事だよ……。

『越高《えっこう》の女王と呼ばれる生徒会の紅一点、佐城楓《かえで》さん！　美しい薔薇《ばら》から全ての棘《とげ》を削《そ》ぎ落とし、今！　越高の女神《めがみ》と化そうとしております！　穏《おだ》やかな目が真《ま》っ直《す》ぐに会場の先を差しているっ……両隣の四人のイケメンが見えていないというのか⁉』

無表情のままハイテンションを貫いていたMC倉橋が感情を露《あら》わにして実況《じっきょう》している。

カッと目が見開かれているその理由を理解することは俺には出来そうになかった。

視線の先、俺の想像より十年早くゴールインを決めている姉貴は淡白《たんぱく》な表情で前方のわずか上を見上げていた。きっと見る人によってはあれがクールビューティーに映っているのだろう。しかし本当に注目すべきはその口元だ。俺には見えるぜっ……！　と、とんでもねぇ速度でヒクつかせてやがる！

『だ　ま　さ　れ　た』

「ううっ……！」

姉貴の顔にそう、黒々しいマーカーで縦書きされているように見えた。

いつもならざまぁみろと野次《やじ》を飛ばして日頃の恨《うら》みを晴らす俺だけど、今回ばかりは同情せずには居られなかった。思わず嗚咽《おえつ》のような声が洩《も》れて口を押《お》さえてしまった。きっとあの厚塗《あつぬ》りメイクの内側には羞恥《しゅうち》と怒りで満ち真っ赤になった素顔《すがお》が隠れているのだろう。K４のイケメンども、やってくれたな……あれで不機嫌《ふきげん》になったら家で被害《ひがい》を受けるのは俺なんだぞ……！

『おっとここで花輪さんが髪《かみ》を掻《か》き上げアルカイックスマイル！　そしてウインク！　結城さんは執事のようなお辞儀《じぎ》ポーズ！　会場から黄色い悲鳴が止《や》まない！　ファンサービスだ！　ファンサービスだ！　ふわぁ……！』

ふわぁ……！　じゃないんですけど。

無表情が売りのMC倉橋もついに溢《あふ》れてしまったようだ。大多数の生徒の前でメスの顔をしてしまったんだ。これが終わったら家のベッドで足バタバタが待ち受けていることだろう。少なくとも俺にとっては姉貴より遥《はる》かに可愛《かわい》い。

「わたるっ……！　渉っ……！　お姉さんっ……きれい！」

お前の方が綺麗《きれい》だよ。

反射的にそう言ってしまいそうになるも、袖をぐわんぐわんと揺らされる衝撃《しょうげき》で夏川に伝わることはなかった。たまんねぇ。興奮する夏川なんて滅多《めった》に見られる姿じゃない。もっと揺らして良いんだぜ。

とはいえそんな夏川の羨望《せんぼう》と興奮の対象が姉貴なのもまた微妙《びみょう》というか……まさか姉貴に嫉妬《しっと》する日が来るとは思わなかった。あの女……俺の積年の努力を一瞬《いっしゅん》で超《こ》えやがって……いっそあの恰好のまま覇王《はおう》のような目で周囲を威圧《いあつ》してくれりゃいいのに……。ぶっちゃけそれも盛り上がると思うけど。

「……ん？」

そんなステージ上の両側、ランウェイパフォーマンスをしていた他の演者たちが生徒会の五人に向かって楽しそうにパチパチと拍手を送っている。

その中に、俯《うつむ》いて床《ゆか》を見つめる金髪《きんぱつ》の姿があった。他の演者が興奮して笑顔なだけに、余計に目立ってしまっている。そういえば……お嬢にとって姉貴は恋敵《こいがたき》みたいなものなんだっけか。姉貴にそのつもりはないみたいだけど。まぁ、惚《ほ》れてる男が別の女の逆ハーレムの一人になってるところを見せつけられて気持ち良くはないか……。

ステージ上で歩いていた時と対照的なその様子が、どこか気になった。

4章 運命の道

俺はいったい何を見せられたのだろう。

ファッションショーを終え、俺の中で最も強い感情がそれだった。めでたくお嬢が最優秀賞に選ばれたというのに、姉貴と愉快な仲間たちが全部持ってってたな……。それだけあれはみんなが喜ぶコンテンツだったって事か。姉貴が不本意そうだった様子を見るに、あれはK４の策略とみた。

「生徒会にも投票できれば良かったのに」

「でも、あの演出は反則のような……」

「まぁ、思い出づくりの一環《いっかん》なんだろうな」

明らかに贔屓《ひいき》されたクオリティだったし、女子だけ参加していた中で生徒会だけイケメンが四人登場してたからな。忌々《いまいま》しい。演出面から考えても、お嬢が歩いていたファッションショーとは切り離《はな》されていたように感じる。エキシビションってやつか。極論、別に観客が楽しめりゃそれでいいんだろう。

「あれ、閉会式ってもうすぐだっけか？　このままここに居る？」

「え、あとちょっとじゃん！　早ーい」

「お片付けがあるから」

「ぷっ……　〝お片付け〟だって」

「な、何よ、圭《けい》」

「おもちゃ片付けるみたーい。かーわーいーいー！」

「こ、これは愛莉《あいり》にいつも言ってる癖《くせ》で……！」

そうだな、可愛いな。

ぷんぷんする夏川《なつかわ》と逃げる芦田《あしだ》を見て癒《いや》される。これで閉会式の後の撤収《てっしゅう》作業も頑張れそうだ。昨日と違って今日は疲《つか》れるような事も無かったし。デートするってこんな感じなのかな……。女子二人と、ってまあまあなレアケースな気もするけど。楽しかったな……。

「おっ、圭じゃん」

「あ！　河合《かわい》っち！」

体育館に他のバレーボール部員が入って来た。他の生徒も、続々と体育館に集まって来ているようだ。芦田が女子相手にジャンプしてハイタッチするとか珍《めずら》しい光景だな。確か河合って俺と身長同じくらいだもんな。

「……芦田、取られちゃったな」

「い、良いもん……」

「あいつイケメン女子に弱いから。四ノ宮《しのみや》先輩しかり」

ちょっとしょんぼりした夏川がすごすごと歩いてきた。河合に軽いノリで掠《かす》め取られたダメージはでかそうだ。動揺が隠《かく》し切れてない。何となく分かるぞ、その気持ち。

俺が横向きに座《すわ》るパイプ椅子《いす》の後ろに、夏川が座る。

「やっぱり中学校の頃《ころ》の文化祭とは違ったな。盛《も》り沢山《だくさん》というか」

「そうね……その分、大変だったけど」

「中学の頃はどうしてたっけな……」

「忘れてないわよ。暇《ひま》してる男の子引き連れて追いかけて来たの」

「マジで記憶《きおく》に無いですね……」

「もうっ……」

言われてやっと薄《うっす》ら思い出せた遠い記憶。思い出したくないし、覚えていない事も多い。脱皮《だっぴ》した後の残骸《ざんがい》のようなものだ。大事に取っておくほどのものでもない。恋《こい》に溺《おぼ》れ、その熱に浮かされていた事だけ胸に留《とど》めておけば良い。よくまあ、あの頃の豆腐《とうふ》のような理性を経て今、平気な顔で夏川の前に座っていられると思う。

「……楽しめた？」

夏川に訊《き》いてしまう。最後の最後にこんな事を訊くのは自信が無いことの表れ。でも男としては意中の女の子がどう思っているかは気になるわけで。これでいきなり「つまらなかった」とか言われたら……ハハッ。もう三次元は捨てよう。

「──うん」

「！」

油断した。

野暮《やぼ》なことを訊いた罰《ばつ》か、すぐ近くで安らぐような目で視線を落とす夏川の微笑《ほほえ》みに目が惹《ひ》き付けられる。夏川がとんでもない美少女だった事を忘れていた。当たり前すぎて逆に頭から抜《ぬ》け落ちてしまっていたらしい。

「…………」

「！　な、なに……？　そんなに……こっち見て」

分かっていても見つめてしまう不思議な魅力《みりょく》。目を逸《そ》らそうとしても逸らせない謎《なぞ》の強制力。漫画《まんが》とかで敵に操《あやつ》られそうになりながら必死に抗《あらが》う主人公はこんな気持ちなんだろうか。夏川に気付かれてようやく金縛《かなしば》りが解けたように思えた。顔ごと視線を外して慌てて言い訳する。

「い、いや。良かったよな、いろいろと——最後以外」

「何よ、良かったじゃない。お姉さんのウェディングドレス姿」

「夏川には分からんだろうよ……身内の人間がこう、衆人の前で晒《さら》しものにされる感覚は」

「綺麗だったのに」

うっ……ダメだ。やっぱり最後の姉貴のアレが強烈《きょうれつ》すぎた。今日の夢に絶対出てくる。当分は姉貴の顔をまともに見られそうにない。夏川との甘酸《あまず》っぱい雰囲気《ふんいき》を一瞬で捩《ね》じ伏《ふ》せるこの魔力《まりょく》、恐《おそ》ろしい。

何より、夏川との思い出を上回ってくるインパクトなのが悔《く》やまれる。今日の夜にでもしっかり一日を振り返っておかないと、文化祭の思い出がアレだけになってしまいそうだ。

「はぁ……あーあ。せめて他の人だったらな」

「もう、そんなこと言わないの」

「そうだなぁ」

これが例えば四ノ宮先輩だったらどうだろう。失礼な話、俺的婚期《こんき》遅《おく》れそうランキング第一位だし、このタイミングでウェディングドレス姿の一つでも見せてくれていれば印象が大きく変わっていたかもしれない。ああいや、誰《だれ》か一人だけ選べるんだとしたら。

「——どうせなら、夏川のが見たかったな……」

「……っ………！」

先ほどまで特別な人間のみが歩いていたステージの上を見つめながら、思いを馳《は》せる。

一年後、少し大人びた夏川がウェディングドレス姿で、清潔感あるイケメンに手を引かれながらゆっくりと歩いて来る光景だ。

結婚《けっこん》は人生の節目とも言うし、ある意味で人生のゴールとも呼べるものだ。だったらここで一つ、そんな光景を目の当《ま》たり《あ》にした方が、俺の中でも区切りを付ける事ができるかもしれない。新たな恋を探すという意味でも。

やっぱり芦田の提案が諦められず、期待の意味を込めて夏川に尋ねてしまう。

「来年どう？」

「や、やらなっ――やらないわよ！」

「そ、そんな強く否定しなくても……」

「あんたが変なこと言うからでしょっ」

「えっ？」

俺、何か言ったっけ？

視線の先、バレーボール部の連中が背比べで盛り上がり始めたところで、全校生徒集合のアナウンスが流れた。

閉会式が滞《とどこお》りなく進み、文化祭が終われば後夜祭――なんて事は無く、その瞬間から撤収作業が始まった。まぁこのご時世で夜まで行事を許す学校があるわけないわな。学校で催《もよお》されなくとも、この作業が終われば各々《おのおの》カラオケなり何なりに行って楽しむのだろう。

「佐城《さじょう》も行くよな？」

「おー」

一年生の割にそれなりの盛況《せいきょう》を見せたなぞなぞ大会は成功を収めたと言っても良いだろう。クラスで打ち上げが開かれるのも必然と言える。近隣《きんりん》のカラオケ店もうちの高校が文化祭と聞いてソワソワしてるに違いない。待ってろ、そのマイクは俺が握る。

「はぁ……にしても、とうとう佐々木《ささき》がな……」

「？　あぁ……」

山崎《やまざき》が視線を向ける先。茶道部《さどうぶ》ともあって真っ直ぐな背筋で教室へと向かっている女子が居た。そんな大和撫子《やまとなでしこ》――斎藤《さいとう》さんは姿勢とは裏腹に表情は緩《ゆる》んでいるというか、何となく浮《うわ》ついているように見えた。佐々木との関係に進展があったのだろう。俺があいつの背中を押したって言ったらどうなるかな……。

とうの佐々木は夏川と同じ文化祭実行委員会の仕事で体育館に残ったままだ。あいつもまさかこの文化祭の中で特定の女子と関係を進めることになるとは思っていなかっただろう。夏川の事が気になってると告げられてちょっとモヤモヤしていたあの期間は何だったんだ。自分で付き合えって勧《すす》めておきながらやるせない気持ちがあるんだけど。

「ま、いっか」

「な」

本当は良くない。きっと斎藤さんと仲の良い白井《しらい》さんも岡本《おかも》っちゃんも佐々木に対してどこかで好意を抱《いだ》いていたように見えたし、これから気まずい思いをすることもあるだろう。だけどそれは文化祭直後の今考える事じゃない。楽しいイベントが終わった余韻《よいん》に浸《ひた》って、明日以降の事は何も考えずワイワイ騒《さわ》ぐとしよう。

「おっと……げ」

ポケットから振動《しんどう》。取り出してみると、スマホのロック画面には『結城《ゆうき》パイセン』の名前。まさかの生徒会長様からの連絡《れんらく》だった。当分は顔を合わせたくない存在なんだけど。

【ステージ横の控《ひか》え室《しつ》に来てくれ】

「……」

ステージ横。体育館の壇上《だんじょう》の横にある謎の空間の事を指してんのかな。つまりはあそこまで戻《もど》って来いということか。嫌《いや》な予感しかしないんだけど……。

「……わり、ちょっと体育館に用事」

「おーう」

まだ撤収作業も始まらず浮ついたままの雰囲気の廊下《ろうか》。俺もその中に浸《つ》かっていたかったと、新郎《しんろう》のイケメンを思《おも》い浮かべ殺意を向けた。

◆

——確かに、殺意は向けたけども。

「……」

「……」

風通しの悪い倉庫のような狭《せま》い空間。もともと置かれていたであろう備品は壁際《かべぎわ》に雑に除《よ》けられ、低い天井からは電線に吊るされた電球がぷらぷらと揺れている。無理やり空けられたスペースには複数のドレッサーが立ち並び、鏡の縁《ふち》を囲うように女優ライトが輝《かがや》きを放っていた。売れない芸人の楽屋ってこんな感じなのだろう。

ただ、俺の目の前に居るのは決して女優でも芸人でもなかった。

「……元気？」

「……」

六畳《じょう》ほどの空間に散らばる四体のイケメン。お世辞にも清潔とは言えない床にキラキラした衣装《いしょう》で倒《たお》れ伏《ふ》し、ピクピクと震《ふる》え僅《わず》かな生命の息吹《いぶき》を主張している。そんな彼《かれ》らの中心に鎮座《ちんざ》するパイプ椅子で、純白のウェディングドレスを身に纏った姉貴が文字通り真っ白になって燃《も》え尽《つ》きたボクサーのようなポーズで座り項垂《うなだ》れていた。よほど精神的ダメージが大きかったと見える。

実の姉がイケメン四人を侍《はべ》らせて花嫁姿で壇上に上がっただけでもショックが大きいというのに、その恰好《かっこう》のままヤンキー漫画のような一コマを見せ付けられている俺はどんな顔をすれば良いのだろう。

嵐《あらし》が過ぎ去った後の静けさ。無惨《むざん》に残された屍《しかばね》に囲まれたシュールな空間で、嵐そのものだっただろう人物に向かって「ハウアーユー」と投げかけた俺は我ながら芸術点が高い。たぶんこの場にまともな奴は一人も居ねぇ。

「う……き、来たか……」

「生きてましたか」

「ああ……」

床から僅かに顔を上げて口を開く結城先輩。まさかあの連絡がSOSのメッセージだったと誰が思うだろうか。少なくとも嫌な予感だけは当たってた。

「大丈夫《だいじょうぶ》ですか、誰にやられたんですか。ここでいったい何が……？」

「……っ……」

しゃがんで問いかけると、結城先輩はトラウマを思い出すかのように顔に痛みによる苦しみを滲《にじ》ませ、歯を食いしばった。右の前腕《ぜんわん》で自らの体を支え持ち上げると、俺の足元を見つめながら言った。

「――何も……無かった」

さては余裕《よゆう》あるなこの人。

誰にやられて何があったかなんて想像に難《かた》くない。何も無かったとは言うものの、姉貴からウェディングドレスとセットになったピンヒールで足蹴《あしげ》りされたダメージは決して少なくはないだろう。その上でこう言えるのは結城先輩の姉貴への想《おも》いゆえか。普通に重い。

「見ての通りだ……渉《わたる》」

「え？」

「俺たちはもうダメだ……」

何でやねん。

「しばらくまともに歩けそうにない」

自業自得《じごうじとく》やろがい。

「ちょっと……頼《たの》まれてくれるか？」

「ええ……」

残念すぎる展開に顰《しか》めた顔を隠せなかった。パシられようとしているというのに不思議と不快感は無い。イケメンのムカつくところは調子に乗っても周りから許されるところだけど、この人の場合しっかりと痛い目に遭《あ》ってるからな……憎《にく》むに憎めねぇ。

「剛《ごう》先輩は……？」

「石黒《いしぐろ》は駄目《だめ》だ……」

「何で」

「楓《かえで》の拳《こぶし》は、あいつにも及《およ》ぶ」

何も無かったんじゃねぇのかよ。

仰向《あおむ》けになり、それから体を引きずって壁に背中を預けた結城先輩は呼吸を整えながら説明し始めた。どうやら今日のサプライズ出演と、姉貴の逆襲《ぎゃくしゅう》は想定内だったらしい。その上で後顧《こうこ》の憂《うれ》いを断《た》ち、こうして倒れ伏しても大丈夫なようにこの後の仕事を片付けていたそうだ。

想定外だったのはつい先程《さきほど》、どこの団体の人間かは分からないが生徒会との面会を求める者が現れたとのこと。おそらく今回の文化祭に協力してくれた業者が提出予定だった書類を求めてやって来たのではないかという事だった。

「手渡《てわた》しで、一人だけで良いと学校側が楓だけに電話してきたがそれを許すつもりはない。会うならせめて俺だけでも一緒《いっしょ》に向かう——と言いたいところだが、そもそも俺たちはこの有様だ。ただ着替《きか》えてすぐに向かえば良いという話じゃない」

「姉貴含《ふく》め、髪も顔も爪先《つまさき》もキラッキラですもんね……」

おまけに鼻の詰《つ》まりに効きそうなメンソールな香りまで漂《ただよ》ってくる。このまま制服に着替えたところでホストとキャバ嬢が高校生の制服着てコスプレしてるだけに見えるだろう。

「俺たちは今からちょっと頑張って普段《ふだん》の姿になる」

「ちょっと頑張るんですね」

だからそれまでに生徒会室までひとっ走り行って必要書類を印刷してきて欲《ほ》しい、との事だった。チョロッと行って帰って来るだけの簡単な仕事だ。それは別に良いけれども、もっと頑張ってほしい。

「はぁ……わかりましたよ」

そう返事するも、結城先輩は脇腹《わきばら》付近を押さえ、天井を見つめながら「ふぅ、ふぅ……」と呼吸を整えていた。どんだけ痛いんだよ。貴方もっとプライド高めの金持ちじゃないんですかね。なぜ痛め付けられた事に文句も悲観も無くただ懸命に乗り越《こ》えようとしているのか。マジでどういう関係性なんだよこの生徒会……。

「――渉」

「ん？」

「……ごめん、よろ」

「おう……」

例の姿勢のまま力無さげに言う姉貴。もともと俯いていた事もあって余計に居《い》た堪《たま》れなさそうに見える。もはや顔を上げる元気すら無いようだ。とても大の男を四人も沈《しず》めた女とは思えない。というかそれをやってみせた女が自分の姉だとも思えない。俺が予想してた通り騙《だま》されてそんな恰好をさせられてるみたいだし、そこは同情するけども。

「生徒会室の鍵《かぎ》は……そこに――うっ……」

「え、先輩《せんぱい》？　結城先輩⁉」

隅《すみ》っこにある鞄《かばん》に目を向け、それを最後に脇腹を押さえる手をパタリと床に落とした結城先輩。どうやら力尽《ちからつ》きてしまったようだ。十数分後にいつも通りに戻れるとは到底《とうてい》思えない。マジで大丈夫かこの人たち。

鍵だけもらって、ステージ横の控え室から一人出る。体育館は片付けに勤《いそ》しむ生徒がたくさん居るものの、俺の方に注目する人は誰も居なかった。何故《なぜ》だろう、殺人現場を見つけ、黙《だま》ったままその場を離れる容疑者のような気分になった。

◆

学校ではほとんどの生徒が文化祭の片付けに勤しんでいるものの、北棟《ほくとう》の三階はほとんど使用されていなかったため静かだった。そんな中、一人コソコソとやって来て周囲を見渡しながら生徒会室の鍵をカチャリと開ける俺はもはや不審者《ふしんしゃ》にしか見えないだろう。鴻《こう》越《えつ》生だけど本来なら生徒会と無関係だからな、俺。

「ここだけ見るとただの怪《あや》しい奴なんだよな……」

思わず愚痴《ぐち》を言うように呟《つぶや》く。

「ごちゃっとしてんな……姉貴の机、姉貴の机……」

結城先輩の席である上座から見て右斜《なな》め前《まえ》。そこが姉貴の席だ。その右が甲斐《かい》先輩、正面が轟《とどろき》先輩、その隣《となり》が花輪《はなわ》先輩の席になっている。

机——というには似つかわしくない上等な白いデスクの上に、本立てに立て掛《か》けられたファイルと閉じたノートパソコンがコンセントに繋《つな》がれたまま置かれていた。

席に座ろうとしたところで、後ろの棚《たな》である物を発見する。

「コーヒーメーカーだと……」

それだけじゃない。横にはホテルとかにあるような大きさの小型冷蔵庫が鎮座している。その上にはコーヒーミルと粉状にされた豆の入った瓶《びん》。そしてスーパーに置いてあるようなココアの粉パック。さらにさらにその横には電気ポットに紙コップ！　おいおいおい、おかしいぞ……！　俺が文化祭準備手伝ってたのってついこの間の話だよな？　あの時はこんなの無かったぞ……いつの間にこんなドリンクコーナー出来たんだよ！

「いただきまーす……（小声）」

紙コップにココアの粉を入れ半分までお湯を注ぐ。冷蔵庫には案の定、牛乳が入っていた。今日はコーヒーの気分じゃないんだよな。生徒会連中のお色直しはそこまで早く終わらないだろうし、少しくらい楽しませてもらったって文句は言われないだろう。

「さて――」

姉貴のノートパソコンを開いて電源を入れる。前にも借りた事があるし、個人用のスマホでもあるまいし俺が見たところでなんの問題も無いだろう。そもそも見られてまずいモノをこんなところに残すような性格じゃないし。

「どこだったかな、と……」

マウスを彷徨《さまよ》わせて、指定のフォルダを探す。確かに見られてまずいものは無いけど、それ以上に画面がごちゃっとしてるんだよな。姉貴の部屋も散らかってんのかな……もう何年も中を見ていない。

「……？」

無音の中で作業を続けていると、不意にスルスルスル……と生徒会室のスライドドアが開く音がした。やけにゆっくりだな……ノックも無かったし、生徒会の誰か……？

不思議に思って右の本立てにあるファイルの陰《かげ》から顔を出して確認《かくにん》する。それと同時に開かれたドアが閉じられたのが分かった。少し仰《の》け反ってようやく確認できたのは女子生徒の制服のスカート。これは……姉貴？　いくら何でも早くね？

そう思ったのも束《つか》の間《ま》、見えていた足がスタスタと俺の元に近付く。

「あれ？　お嬢……」

「え――」

すぐ側まで近付かれてようやくその人物の正体がはっきりする。ウェーブがかった金髪の毛先がふわりと躍《おど》り、どこかで嗅《か》いだことのある化粧品《けしょうひん》のような香りが静かな生徒会室の空気を揺《ゆ》らす。

そんなお上品な風貌《ふうぼう》の人物――東雲《しののめ》・クロディーヌ・茉莉花《まりか》お嬢様《じょうさま》は、すっかり元の制服姿に戻ってファッションショーの時のような輝きは鳴りを潜《ひそ》めていた。とはいえ改めてよく見ると端整《たんせい》な顔立ちだ。さすが二年、三年生の先輩達《せんぱいたち》に一歩も引けを取らず一位を勝ち取っただけの事はある。実際思わず感嘆《かんたん》するほどだったし、ここは素直《すなお》に賞賛しておこう。

「いやぁ、ファッションショー凄《すご》かったっすね。さすが自分の特性を活《い》かしてるっていうか……性別通《とお》り越して羨《うらや》ましくなりましたよ。その見た目なら何でも似合うんだろうなって」

俺も両親のどっちかが西欧《せいおう》生まれだったらイケメンのハーフになれていたんだろうか……。春先の俺以上に自信満々に生きてるだろうし、もしそうだったらきっと今もひたすら夏川の事を追いかけてるんだろうな。いや、もしかしたら別の誰かを――。

「そういや前に生徒会役員目指してるとか言ってましたっけ？　今日でだいぶ顔も名前も売れただろうし、あながち狙《ねら》えないことはないいんじゃないっすか？」

「……」

「立候補した暁《あかつき》にはファッションショーの時と同じ衣装で演説してみたら、なんてね……――お嬢《じょう》？」

いつもの高飛車で調子の良いノリはどうした。そう思ってパソコン動かす手を止めて再びお嬢の方を振《ふ》り返る。すると、そこには酷《ひど》く驚《おどろ》いた表情のお嬢が目を大きく見開いて瞳《ひとみ》を揺らしていた。

「？　そういや何でここに……え？」

どこか様子のおかしいお嬢に首を傾《かし》げつつ尋《たず》ねようとして、途中《とちゅう》で違和感《いわかん》に気付く。具体的にはその左手に大きく、先端《せんたん》の尖《とが》った重そうな銀色の物が握られている事に。

「……」

「……」

……えっと。

ヤバい、よな……？　これヤバいやつだよな？　一歩間違《まちが》えたら無事じゃ済まないやつだよな？　下手に騒がない方が絶対良いやつだよな？

頭の中でギアが一気に加速する。同様に甲高《かんだか》い警鐘《けいしょう》の音がけたたましく鳴り響《ひび》いた。身動きが一切《いっさい》取れない。さっきまで軽かった体がズシリと重くなったような気がする。

「あ、あー……っと……」

……考えろ俺《おれ》。ここで失敗は許されない。お嬢は非力な女子かもしれないけどその手にあるもの――裁《た》ちバサミはしっかりと凶器《きょうき》になりうる物だ。無理に奪《うば》おうとしても無事で済む保証なんかどこにもない。慎重《しんちょう》に、慎重に事を運ばなければならない。

「……ココアでも、飲む？」

「……！」

薄《うす》ら笑《わら》いを張り付け紙コップ片手に立ち上がる。しかしそれは悪手だった。神経の張り詰めた状況《じょうきょう》で自分より背の高い男が目の前で急に立ち上がればびっくりもするだろう。その瞬間《しゅんかん》の怯《おび》えるような表情は、まるで俺の方が酷い事をしたかのようだった。

「あ、あぁっ……⁉」

「お嬢！」

手に持つ凶器を固く握《にぎ》ったままお嬢が大きく後ずさる。自意識のない咄嗟《とっさ》の行動だったのか、手前にある甲斐先輩《せんぱい》の席の椅子にぶつかり、デスクの右端《みぎはし》に置かれていたペン立てが床に落ちて中身が盛大《せいだい》に散らばった。

慌てて体勢を立て直そうとしたお嬢だったが間に合わず。あっ、と思った瞬間にはお嬢の背中が出入口のドアに強くぶつかっていた。

「ちょっ、おいっ——くッ！」

「……なんで」

床に崩《くず》れ落ちすぐに立ち上がったお嬢に駆《か》け寄ろうとするも、左手に握られた裁ちバサミの先端は俺の方を向いたまま。震える左手首を右手で掴《つか》んで支えているようだった。近付くこともできず、大きく二歩ほど離れた場所から様子を窺《うかが》うことしかできない。

ココアの入った紙コップは床に落ち、穏便《おんびん》に場を収める事もできず、状況は最悪の一言に尽きた。

「なんで……ここに……」

「な、何でって……」

茫然自失《ぼうぜんじしつ》といった様子で俺を見上げるお嬢。言葉から察するに、今この場に俺が居ることがよほど信じられないようだった。

驚いた表情のまま俺を見るお嬢。しかし次第《しだい》に瞳から光が消え、視線を落とすと同時に裁ちバサミを持つ手もダラりと下げられた。

「いったいどういう――」

どういう事だ、そう言いかけたところでハッとする。

姉貴一人だけに対する呼び出し、人気《ひとけ》の無い生徒会室、お嬢が躊躇《ちゅうちょ》無く〝姉貴の席〟に向かって来たこと。俺だと分かった瞬間の驚き様《よう》――。

「まさか――姉貴《い》を……？」

気が動転していたのは俺も同じ。お嬢の矛先《ほこさき》が日頃《ひごろ》からどこに向いているかなんて少し考えればわかる事だった。

お嬢は生徒会長である結城先輩の許嫁《いいなずけ》であるという。そんな関係でありながら、どうも結城先輩の興味関心のベクトルはお嬢ではなく姉貴に向いているらしい。そんな先輩から見向きもされず、お嬢が姉貴から怒鳴《どな》られる場面を見たことがある。姉貴に対して憎しみを持っていてもおかしくはない。

「……っ……」

近い人間、それも血の繋がった家族が害されようとしていたかもしれない事実にゾクリと身の毛がよだつ感覚がした。言いようもない恐怖《きょうふ》感で頭のてっぺんがやけに冷たく感じる。

「……あね？」

「え？　あっ……」

目を見開いたお嬢が俺を見る。一拍《ぱく》遅《おく》れて俺は自分の失敗に気付いた。

深い理由はないものの、面倒《めんどう》事に巻き込《こ》まれたくないからとお嬢には俺がその女の弟であり、名字が『佐城』という事を明かしてはいなかった。偶然《ぐうぜん》の産物ではあるものの、そうでなければお嬢は俺にファッションショーで自分に投票しろなどと言い出さなかっただろう。

誤魔化《ごまか》そうにもお嬢の視線は俺の胸元《むなもと》——今日に限ってちゃんと付けているネームプレートにあった。

「……そういう、こと」

「こ、これは……」

下げられていた裁ちバサミの先端が再び起き上がる。今度こそ俺が標的か――そう思って一瞬焦《いっしゅんあせ》るも、お嬢はそれを無造作に床に落とした。ゴトンゴトンと質量のある音を響かせながら俺の足元まで転がって来る。呆然《ぼうぜん》とそれを見つめてから顔を上げると、お嬢の手には代わりに別のものがあった。甲斐先輩のデスクのペン立てにあったものだ。

「ふふ……みんな……みんなわたくしを馬鹿にしてッ！」

悲痛を叫《さけ》ぶようなお嬢の言葉尻《ことばじり》に返す言葉なんて思い浮《う》かばない。俺はどうする事もできずその場に立ち尽くした。

「お、お嬢……！」

「貴方《あなた》もどうせッ……！」

「違《ちが》っ……!?」

新たな凶器――カッターナイフからキリキリキリ、と伸《の》びる刃先《はさき》。ご丁寧《ていねい》にストッパーまでかけている。その刃先を見つめながら、お嬢は両手でその持ち手を固く握った。

「――もう……いや」

手の震えで大きく空気を掻《か》き混ぜながら真上を向く刃先。それを覚悟《かくご》と恐怖の狭間《はざま》に居るような虚《うつ》ろな目で見つめるお嬢。俺があの佐城楓の弟と知り、敵意を向けているのだとしたらカッターナイフの刃先はあんな向きにはならないだろう。

「お嬢……！」

数秒後、何が起ころうとしているかは容易《ようい》に予測できた。

お嬢は両手を震わせながら、しかし確実にカッターナイフを自らの首筋へと近付ける。所定の位置と思われる位置に近づくにつれ、お嬢の目に宿る怯えが鋭《するど》さに変わって行く。もはや正気には見えない。

「……っ………！」

マズい――マズいマズいマズいマズいッ‼

このまま静観を貫《つらぬ》くわけにはいかなかった。呆然としてる場合じゃない。止めないと。飛びかかるか……⁉　いや、そんな事をすれば尚更《なおさら》ヤケになるんじゃないか？　じゃあどうする？　やめろと説得するか？　でもどんな言葉で？

頭の中、未来へ続く運命が枝分かれして行く最中《さなか》、俺の意識は足元に落ちている裁ちバサミを捉《とら》えた。瞬間――何を思ったか俺はそれを床《ゆか》から掠《かす》め取っていた。

「……ッ……！」

数多《あまた》の分岐《ぶんき》が吹《ふ》き飛び、道は一本に繋がる。しかし確実性を帯びない運命の道に確かな踏《ふ》み心地《ごこち》は無く、進む先に結末は見えなかった。

引き返す選択肢《せんたくし》がある事を思い出したのは、その先に辿《たど》り着いてからだった。

最初に感じたのは金属の氷のように冷たい感触《かんしょく》だった。

「――え……」

前方から発せられた至高の1音。ほとんど息でしかなかったものの、求めて止《や》まなかったその一驚《いっきょう》は俺を次のアクションへと繋げる原動力となった。

火傷《やけど》をするような熱さが走る。

質量のある二度目の衝突音《しょうとつおん》が口から飛び出した呻《うめ》き声を掻き消す。複数回鳴《な》り響いたゴトンゴトンという音は相変わらず不快でしかなかった。記憶に残ろうとしていた達成感までもいとも容易《たやす》く消し飛ばしてくれた。

持ち込まれた裁ちバサミが皮肉な形でお嬢に返される。その先端は予《かね》てから想定されていたであろう色合いに変わっていた。

「……ッハ………ッ………！」

一瞬《いっしゅん》、細かな泡《あわ》が吹き出す音が聞こえた。多少の水滴《すいてき》など無音で吸《す》い込んでしまいそうな渇《かわ》いた床にポタポタと水音が生じる。床としての健全さをこれ以上損《そこ》なってしまわないよう、重力のままにぶら下がる左腕《ひだりうで》の手首を空いた右手で強く握って固定する。

息を止め堪《こら》えて数秒、瞬間の激痛が継続《けいぞく》する鈍痛《どんつう》に変わったところでようやく言葉を発する余裕が生まれた。口の中に溜《た》まった唾《つば》を飲《の》み込む。

「……ッ……思ったより、痛《いて》ぇな……！」

味わったことの無い内側からの強烈な刺激《しげき》。本気になれば簡単に堪えられるものだと侮《あなど》っていたことは否《いな》めない。ただ、意地でも数秒前の自分の行動を無駄《むだ》にするわけにはいかなかった。

「………なぁ、お嬢？」

「ひッ……⁉」

——こうは、なりたくないよな……？

そう目で訴《うった》えかけると、お嬢の両手からカッターナイフが零《こぼ》れ落ちた。床に落ちた衝撃《しょうげき》で限界まで飛び出していた刃《は》が折れ生徒会室の隅へと飛んで行く。血の気が引いたのか、真っ青になったお嬢は入り口を背にその場で崩れ落ちた。それは俺にとっての勝利だった。

「……ぐッ……！」

不思議と怒《いか》りも悲しみも湧《わ》いて来なかった。痛い痛いと叫び散らす表面的な思考のさらに深いところで、どこか冷静なままの自分が盛大に呆《あき》れていた。

――――ええ……何やってんの、俺…………。

ドン引きだった。

早まったお嬢を止めるためとはいえ自分の手に穴を空けて見せるとか正気の沙汰《さた》じゃない。ヤケになってたのはどっちだよ。絶対もっと他に良い方法あっただろ。

後悔をし始めたところでボチボチ頭の回転も戻って来た。床に近付けた手を見れば俺の貴重な鉄分が勢いを緩めながら今もなお滴《したた》り続けている。とりあえずこれをどうにかしなければならない。確か……心臓より高い位置にやるんだっけか。

近くの棚から震える手でティッシュを何枚も掴み取り、左の掌《てのひら》から甲《こう》にかけてを包み押《お》さえ込む。貫通《かんつう》していたかを確認する勇気はなかった。赤く滲んだその上からさらにティッシュを何枚も重ねて行く。痛い、ずっと痛い。

「あ、あぁっ………」

痛くて叫びたい衝動《しょうどう》を押し殺していると、俺の痛みを代弁するように喘《あえ》ぐ声が耳に届いた。

「あぁあっ……」

「……」

自分以上に狼狽《うろた》える人間が近くに居ると、この怪我《けが》でも意外と冷静で居られるらしい。それともハイになったテンションと痛みで奇跡的《きせきてき》に釣《つ》り合いが取れているだけか。

「……っ……」

眉《まゆ》を八の字にして痛々しそうに俺の左手を見つめ少しずつ頬《ほお》を濡《ぬ》らすお嬢。誰に何をしようとしていたのか、今どんな気持ちでそうなっているのか、全ては想像でしかないけれど。

今のその表情が優《やさ》しさから来るものなら、そんな心を持つお嬢があの裁ちバサミに込めた暗い想いは余程《よほど》なものだったのではないかと考えてしまう。

「──別に、嘘《うそ》じゃねぇんすわ……」

「……え……？」

「ファッションショー、別に頼まれなくたってお嬢に投票してた……。だって、一番イカしてたから……」

「……っ……」

フォローをするつもりはないけど、誤解がある事は間違いなかった。お嬢が被害妄想《ひがいもうそう》に浸るのは勝手だけど、俺が抱いた感想まで勝手に決めつけられるのは気に食わない。何よりこれでお嬢が同じ事をしでかさないようになるなら言わない手はなかった。

ろくに関わったことなんて無いし、背景にどんな努力や企《たくら》みがあったかは分からないけど、結果としてお嬢がファッションショーで最高のクオリティを引き出せていたことは今の普段の姿であろう制服のお嬢を見れば分かる。メイクや装飾《そうしょく》の事もあまり詳《くわ》しくないけど、一発であの完成度まで持って行くことはできないだろう。きっと少なくない数の試行《しこう》錯誤《さくご》があったんだと思う。

「……でもッ……何でも似合うのが羨ましいってのは、ちょっと違ったかもっす……」

「え……？」

「や、実際似合うんでしょうけど……」

痛みを我慢《がまん》する度に息が詰まり、語気が強まる。甘《あま》い言葉を向けてみようとはしたものの、そんな優しさより勝る自分の感情があった。

金持ちだからできた。整った容姿だからできた。大層な肩書《かたが》きがあるから実行できた。自信もあった。胸を張れた。だから簡単に不幸に押し潰《つぶ》される。憎しみが弾《はじ》ける。理性が吹っ飛ぶ。安易に自分を傷付けようとしてしまう。それを俺が言えることとかは別として。

それを共感できないのは生きる世界が違うからだ。そんな事があり得るのを俺は知っている。それを受け入れたからこそ今の俺があるのだから。だからこそ、

「――涙《なみだ》まで、似合う必要はないんじゃないですかね」

同時にニコリと笑ってやったつもりだが上手《うま》く笑えているだろうか。取り繕《つくろ》う裏で頭に血が昇《のぼ》っているのが分かる。

つい憎まれ口《ぐち》を叩《たた》いてしまう。寄り添《そ》う選択肢なんてものは俺には無かった。

「あ……」


まるで悲劇のヒロインのようで腹が立つ。泣き顔までもお似合いなのが気に食わない。こちとらイケてる角度を探すだけでも精一杯《せいいっぱい》だというのに泣き顔まで綺麗《きれい》な面《ツラ》しやがって。

「嫌ならその涙、拭《ふ》いてくれないっすか」

「……っ……」

まるで自分が何も持っていないかのようで腹が立つ。恵《めぐ》まれた生まれに整った容姿もあり、つい数時間前に多くの人間を惹《ひ》き付けておきながら家族も友人も家も財産も全て失ったかのような言動しやがって。

「悔《くや》しいなら立ち上がったらどうすか」

凶器を片手に乗り込んで来たのは何故だ。その胸の内に誰《だれ》にも譲《ゆず》れないプライドがあったからじゃないのか。だったら無様な姿を「お似合い」と言われて怒るくらいの気概《きがい》を見せてほしい。元より高飛車な性格のお嬢様なのだから。

「――――それができないなら、手くらい貸しますけど……？」

「……っ……！」

縋《すが》るように見上げてくる瞳に眼力をぶつけ、暗に「立て」と脅《おど》しつける。俺も痛みで何らかのタガが外れてしまっている。こんな手を怪我したやつから手を貸すなんて言われるのはもはや皮肉を通り越して嫌味《いやみ》にしかならないだろう。我ながら嫌な性格だ。

こんなとき姉貴と同じ粗暴《そぼう》な血が役に立つ。何かと理屈《りくつ》の増えた頭に、根性論《こんじょう》がよく馴《な》染《じ》む。押し付けがましい熱血さが、身勝手な爽快《そうかい》感を生み出して左手の痛みを誤魔化してくれる。

ティッシュが足りず、腕《うで》を伝う血液が袖《そで》の中に入って肌《はだ》とワイシャツをくっ付ける。痛みが和《やわ》らいでも、制服姿で汗《あせ》だくになったときと同じ気持ち悪さにも襲《おそ》われる。出入口の前でペタンと座《すわ》ったままで居られるとこの地獄《じごく》はいつまでも続くのだろう。まずい……これ、やっぱりそろそろどうにかしないと……。

「うう……ひっく……！」

「えっ……」

危機感を覚え始めたところで、食いしばるような泣き声で震える手を差し出して来るお嬢。期待した結末を大きく逸《そ》れ、肩透《かたす》かしをくらった感覚になり、気の抜《ぬ》けたような声が出てしまう。一瞬だけ痛みすらも忘れたような気がした。

えっ……確かに立たせてやるって言ったけど、こんな怪我してる奴《やつ》に普通《ふつう》立たせてもらう？　マジで？　生きる世界違いすぎない？　立たせるけどさ……。

「グッ……！」

細く小さい手を右手でがっしり掴み、ほぼ俺の力でお嬢を引き上げる。生意気にも自分の力を一切使わなかったお嬢に苛立《いらだ》ちどころか殺意すら生まれそうだった。お陰さまで左手が余計に痛い。気分は最高にベジータだった。くそったれ。

立たせきったところで、お嬢はようやく自分の力でその姿勢を保った。

「おい……」

「……！」

「え、ちょっと……」

立ち上がったというのに離《はな》してくれない右手。解《ほど》こうにも左手が使えず困っていると、お嬢が俺に寄っかかって来る。右手が離されたと思ったら縋り付くように両手を俺の胸に添え、進みたい方向とは反対側に体重をかけて来る。突然《とつぜん》の嫌がらせに動揺《どうよう》を隠《かく》せない。

このお嬢、強《したた》かすぎる……！

「……保健室、行かせてくれるか？」

過去イチ低い声が出た。

◆

保健室までの道のりは遠く感じた。胸の前に抱えた左手が熱く、痛い。途中ですれ違った名も知らぬ先輩がギョッとした目で見て来たのが分かった。ここに辿り着けば助かるという根拠《こんきょ》の無い期待が俺の中に他者との壁《かべ》を作ったのか、何故か周囲が助けてくれる事を期待すらしなかった。騒《さわ》がれることで生じる大きな音で傷口を刺激される方が酷く怖《こわ》かった。

「ぐッ……」

立て付け完璧《かんぺき》なスライドドア。いつもなら小指一本で容易く開けられただろうに、今だけは鉄の扉《とびら》をこじ開けるような感覚に思えた。赤く滲んだ左手に対し、顎《あご》を伝って床に落ちた透明《とうめい》な脂汗《あぶらあせ》がやたら健康的に思えた。

「す、すいません……！」

入るなり胸に力を入れて呼ぶと、奥《おく》から「はーい」と呑気《のんき》そうな声が返って来る。少なくとも壮年《そうねん》の養護教諭《きょうゆ》の声じゃない。パタパタと床を軽《かろ》やかに弾く音と一緒に、左奥《ひだりおく》にあるベッドスペースへと向かう角から一人の女子生徒が顔を出した。

「――だーれ？」

「……」

現れたのは明らかに「あたしサボってます」って感じの清純系の皮を被《かぶ》ったギャルっぽいお姉さん。同い年には見えなかった。ウェーブがかった長い黒髪《くろかみ》に短いスカート、カラフルなシュシュを手首につけ、制服を着崩《きくず》している。とても体調的な問題でここに居るようには思えない。見た目こそ違うものの、ギャルを卒業し切れていない一般《いっぱん》生徒みたいな雰囲気《ふんいき》がどこか姉貴を感じさせる。

「あ、男子だ」

〝男子だ〟じゃねぇ。この血みどろの左手が目に入らぬか。

俺を見つけた瞬間にスンッと無表情になった晩年ギャル。控《ひか》えおろうの一つでも言ってやろうかと思ったものの本当に控えられたら困る。緩《ゆる》めに結ばれたネクタイの色が緑色だ。やはり年上で姉貴と同じ三年の生徒らしい。このくそピンチの状況で面倒な先輩の機嫌《きげん》を損ねるべきじゃないだろう。

「あ、あの……先生は……保健室の新堂《しんどう》先生って……」

「レイコちゃん？　今出てるよ？」

「う……」

……お、終わった……。

心の中で何かがポキリと折れ、ドアのすぐ側にあったソファー質の長椅子《ながいす》に腰《こし》を下ろす。痛む左手を胸より上に保つ体力も残っておらず、膝《ひざ》の上にそっと置いた。位置が低くなった左手に向かって熱いものが向かって行くのが分かった。

新堂先生……レイコって名前だったのか……。

「え⁉　どしたん⁉　てかその手！」

俺が何かを諦《あきら》めたのを察したのか、ギャルっぽい先輩が目を丸くして騒ぎ出す。うるさいものの今さら不快とは思わない。なるほど……これが絶望ってやつか。体から余計な力が抜けて痛みが和らいだような気がする。

「レイコちゃん呼んでくる！」

「……」

よく見れば只事《ただごと》じゃないと直《す》ぐに気付いたのだろう、慌《あわ》てて不格好なダッシュで保健室から出て行く先輩。ひらりと翻《ひるがえ》る黒髪とスカートが目に入ったものの、この状況で余計な感情は欠片《かけら》も湧かなかった。

「………あ……」

「……」

誰かの脚《あし》が視界に入る。少し顔を上げると、気まずそうに片腕《かたうで》で自分を抱《だ》くお嬢が居た。どうやらここまでやって来た俺の後ろを付いて来ていたらしい。今は綺麗なものを見てもムカつくだけだし、特に声もかけず床を見つめる。気を遣《つか》ってやる余裕《よゆう》なんてない。何ならこのまま帰ってくれても良い。

「……」

「……」

静寂《せいじゃく》が意識を左手に向かわせる。それが嫌《いや》で、遠くに聞こえる微《かす》かな喧騒《けんそう》で左手の痛みから意識を逸らす。血がどうなっているか分からないものの、こめかみを伝う脂汗は止まったような気がした。

「――センセ連れてきたよっ！」

「！　うっ……」

数分後、開きっぱなしになっていた入口からさっきの先輩が飛び込んで来た。早い。思ったより協力的なようだ。希望の光が見えたものの、それと引《ひ》き替《か》えにけたたましい大声が響いて痛みが復活する。

「怪我人《けがにん》ですか――って、貴方は」

「あ、あぁ……どもっす」

先輩の後ろから早足で入って来た女性の養護教諭。少し息切れしている事からみると急いでくれたようだった。壮年の白衣姿がいたく頼《たの》もしい。一学期の頃《ころ》の昏倒《こんとう》に続いてまたも厄介《やっかい》事を持ち込んでしまった事に申し訳なさを感じる。顔を覚えていてくれたのがせめてもの救いだった。

「佐城《さじょう》君、その手は」

「――え、『さじょー』？」

「とにかく、こちらへ」

優しく背中を支えられ、奥の診察台《しんさつだい》の前にある丸椅子《まるいす》に座らされる。先輩が俺の名前を聞いて驚いたようだけど、おおかた同学年に同じ名字の女ヤンキーが居るから気になってしまったのだろう。そういや姉貴って四ノ宮《しのみや》先輩以外の同学年女子からどう思われてるんだろうな……。

対面に座った新堂先生と患部《かんぶ》についていくつか問答の末、俺の左手は掌《てのひら》を上にして先生の前腕《ぜんわん》に添えられた。

「ティッシュは取れそうですか」

「え……」

「取りますよ」

「は、はい……」

俺のビビる顔を見て察したのだろう、先生がすぐに判断して動き出す。

すっかり真っ赤に滲《にじ》んだ左手に巻き付くティッシュを見て先生が小ぶりのハサミを取り出す。俺と、そして俺の後ろから唾を飲み込む音が聞こえた。今は世界一見たくないものだった。

「ひっ……」

もはや継《つ》ぎ目《め》の分からなくなった赤い巻き物の横からハサミを入れられる。水気を帯びるそれはいとも容易く切られ、手の甲側でべらりと垂れ下がった。もはや恐怖でしかなかった。

手の内側のティッシュが捲《めく》られる。まるで皮膚《ひふ》と癒着《ゆちやく》していたかのようにズルリとした感触を感じた。この瞬間だけは痛みよりも恐怖感が勝った。全身に鳥肌《とりはだ》が立つ。

「これは……」

「……っ……」

新堂先生が眉を顰《ひそ》める。俺も初めて自分の左手の様態を目にして唾を飲み込んでしまう。

赤に黒の色が加わり細かな重症度《じゆうしようど》が確認できなくなっている。ただ明らかに〝表面〟という形を失った掌の中心部分を見て逆に吹っ切れた――あ、これ大怪我《おおけが》だわ。

「手の甲は」

「……」

「そうですか」

答えてもいないのに新堂先生が返事をする。少なくとも手の甲側がどうなっているか自分で確認する勇気はなかった。それを察してくれたらしい。

「どちらにせよ、ここで大した処置はできません。止血しつつただちに病院に向かいましょう」

「は、はい」

明らかに目の色を変えた先生が有無《うむ》を言わせない声色《こわいろ》で提案する。俺はただ頷《うなず》くことしか出来なかった。左手を新しいガーゼで包み、机の上に乗せたまま出来るだけ腕を圧迫《あっぱく》して押さえておくように言われる。大人しく言う事を聞く。

「しかしもう夕方ですね……外来の受付はもう閉まっているでしょうし、救急車しかありませんか……学校に話を通さないとですね」

「うっ……」

思ったより大袈裟《おおげさ》にしないといけないようで冷《ひ》や汗《あせ》が垂れる。救急車を呼ぶということはこの学校中にピーポーピーポーと音が鳴り響くという事だろう。きっと目立ちまくるに違いない。それだけは避《さ》けたいと思ってたけど、そう上手くはいかないようだった。

「――あ、あのっ、それならわたくしがっ」

最悪だと落ち込んでいると、横からお嬢が口を出して来る。目立たずに済むのかとつい期待の目を向けてしまう。カッターナイフを握っている時と違って強い意思を感じる顔だった。

「あなたは?」

「い、一年生の東雲《しののめ》・クロディーヌ・茉莉花《まりか》です! 西側の生徒ですわ!」

「それは? 個人的なツテがあると言いたいのですか?」

「は、はい!」

「その方が早いと?」

「はい! 学校の許可が要《い》りませんし、早いですわ!」

「……ふむ……その方が確実ですか」

何やら救急車を呼ぶ必要が無くなりそうだ。助かった……や、この怪我で何言ってんだって感じだけど、目立たずに病院に行けるならそれに越《こ》した事はない。ここはお嬢の言葉に甘えよう。

「――ちょっと待って」

「な、何ですの？」

安堵《あんど》して右手で胸を撫《な》で下ろしたのも束《つか》の間《ま》、今度は視界の反対側から影《かげ》が差す。さっきの先輩《せんぱい》がまだ後ろに居たようだ。ギャルっぽい能天気さを無くした冷静な声色だった。

「詳しい事情を聞いてないから知んないけど、それでこのさじょー君が不都合になったりしないよね？」

目を向けると、最初に顔を合わせた時とは大きくかけ離れた真剣《しんけん》な表情。敵意を帯びた声色だ。どこか姉貴を思わせる睨《にら》みである一方で、酷く冷たい雰囲気がある。

「こんなときに何を言ってるんですの！」

「ごめんね？〝西側〟が信用できない世代なもんでさ」

「……っ……」

怯《ひる》むお嬢。冷静さを欠いているせいか返す言葉が見付からないようだ。

三年生──去年までこの鴻越《こうえつ》高校で東のA～C組、西のD～F組の一部が衝突《しょうとつ》し合っていたという世代だ。両者が在籍《ざいせき》する生徒会の連中と接しているせいか俺にはあまり実感が湧かない。当時はこんなのが日常茶飯事《にちじょうさはんじ》だったってか……？

ただ不都合も何も、この怪我は俺が自分でしでかした事だ。お嬢が関係してないとまでは言えないけど、実行者は他でもない自分自身。元よりお嬢に何か責任を負ってもらおうとは思っていなかった。大きな騒ぎにならずに済むのなら、個人的にはむしろ感謝するかもしれない。

お嬢にフォローを入れようとしたところで、新堂先生が話し出す。

「やめなさい鬼束《おにつか》さん。一年生の彼女《かのじょ》に持ち出すべき話ですか。保健委員のあなたがいま優先すべき事はなんですか」

「うっ……ごめんなさい」

説教の一幕。このギャルっぽい先輩、保健委員だったのか。ただのサボりかと思ってた。素直《すなお》な様子を見るに悪い人というわけじゃなさそうだ。ただどこか更生《こうせい》一年目みたいな発展途上《とじょう》の雰囲気を感じる。姉貴ほど達観してはいなそうだ。これ以上余計な茶々を入れられないと良いけど……。

「東雲さん、ツテがあるというのならそのお言葉に甘えます。ただちに話を通して病院名と形成外科《げか》の電話番号を教えてください」

「わ、わかりましたわ！　先に迎《むか》えの車を寄越《よこ》すよう連絡《れんらく》します！」

「いつ着きます？」

「十五分もあれば来ますわ！」

「早いですね。それなら私は彼《かれ》の担任の大槻《おおつき》先生に連絡を入れます。鬼束さん、一年C組まで行って佐城くんの荷物を持ってこれますか」

「うん、わかった！」

「返事は『はい』」

「はい！　行ってきますっ」

思っていたより話がトントン拍子《びょうし》に進んで行く。どうやら救急車を呼ばずに済みそうだ。何なら三十分後には病院に向かえそう。これはお嬢《じょう》がお嬢様たる所以《ゆえん》なのだろう。感謝……すべきなのか？　よく分かんなくなってきたな……。

保健委員とはいえ無関係の先輩の手まで煩《わずら》わせてちょっと肩身《かたみ》が狭《せま》い。だけどこの状況で怪我人が勝手なことはしない方が良いだろう。大人しくその場で左腕を押さえ止血に努めることにした。

移動が始まるその時まで、この怪我をどう説明するか考えた。

左手の処置が終わった。今は洗浄《せんじょう》されたのち軟膏《なんこう》を塗《ぬ》りたくられ、透明なラップのようなものを挟んでその上に包帯を巻いている。

診断《しんだん》結果として俺《おれ》の左手の傷は貫通しておらず、手の甲側の組織により途中《とちゅう》でガードされていたという。また精密検査の結果、凶器《きょうき》がナイフなどではなく裁《た》ちバサミだった事が幸いし、神経まで傷付いてはいなかったようだ。経過次第だが、後遺症《こういしょう》はおそらく残らないらしい。

病院の先生には床に手を突《つ》いた先に上を向いた工具があったと説明した。学校側から尋《たず》ねられても同じ説明をしようと考えている。

「あ、あの……」

「……」

病院の集団処置室のような部屋で簡易ベッドに横になり、痛み止めの点滴《てんてき》を打たれている俺の横で、丸椅子に座っているお嬢が気遣《きづか》わしげな声を発する。その目元は病院まで送ってくれた車の中で付き添ってくれたときより湿《しめ》っているように見えた。

言葉は続かない。そもそも今に至るまで会話という会話は特に無かった。

別に無視してるわけじゃない。どう接すれば良いのか俺の方も迷っている。左手に怪我を負った経緯《けいい》や原因を考えれば、この場でお嬢を詰《なじ》る事も間違《まちが》いじゃないんだろう。ただやっぱり理屈と感情は別物だった。感情がお嬢に強い言葉を浴びせようとはしていない。目立たないかたちで病院まで運んでくれた、という感謝の気持ちもある。

少し考えて、いったん後回しにすることにした。

「……どうも、助かりました。目立たずに済んだだけじゃなく、治療費《ちりょうひ》まで……」

「いえ、お気になさらず」

お嬢の後ろに立つ老齢《ろうれい》の執事《しつじ》然とした爺《じい》さんに礼を言うと、丁寧な口調で返された。これが俗《ぞく》に言う〝爺や〟という存在だろうか。現実に、それも今の時代に居るんだなこういう人。よくある物語の執事《しつじ》じゃなくてガードマン的な恰好《かっこう》なのがちょっと残念。車もタクシーっぽいものでベンツのような高級車じゃなかった。実はちょっと期待してた……。

「……佐城《さじょう》様」

「あ、はい」

佐城様……そんな呼ばれ方された事ないから感動してしまう。恐縮《きょうしゅく》しつつ返事すると、爺やさんは俺を神妙《しんみょう》な表情で見下ろした。

「先ほどの診察医《しんさつい》へのご説明では、お気遣いいただいたようで……」

「あ……えっと」

「……っ……」

治療《ちりょう》に付き添いは無く、俺と病院の先生のみが居る場で行われた。そこで怪我に至るまでの経緯も説明したけど、どうやら後でこの爺やさんにも伝わったのだろう。ただ、その〝お気遣い〟という言い回しに引《ひ》っ掛《か》かりを覚えた。お嬢を見ると、視線を躱《かわ》すように俯《うつむ》かれた。

話したのか。

なぜ自ら。そう思ったものの、少し考えてそりゃそうかと納得《なっとく》した。本当に床に手を突いた拍子の怪我なら他所の家が治療費を払《はら》ってくれるなんて違和感《いわかん》しかない。この手厚いフォローもそのためか。

「重ねて厚かましいお願いにはなりますが、どうか、此度《こたび》の事はご内密に……」

自分より何倍もの年齢《ねんれい》の人に頭を下げられ、しかも仰々《ぎょうぎょう》しい言葉で懇願《こんがん》されて困ってしまう。高一の坊主《ぼうず》が経験する事じゃないんだよなぁ……。ＳＮＳとかで「何か手にぶっ刺《さ》さったんですけどｗ」なんて画像付きで投稿《とうこう》されるとでも思われてるのだろうか。さすがに無いか。

「別に、良いですけど……」

お願いなんてされなくともこの事は可能な限り墓まで持って行く。お嬢にとってどうかは知らないけど俺にとっては黒歴史だ。自分でやってるからなこれ……。数時間後にこの心情なんだ、大人になった頃に笑って話せる内容とも思えない。

ただ黙《だま》ったところで、このあからさまに「怪我してます！」と主張する左手をどう扱《あつか》っていくか、それだけが憂鬱《ゆううつ》だった。

◆

病院に着いておよそ一時間。そろそろ学校でも皆《みな》が片付けを終えて帰る頃だろう。病院内は俺が来た段階から受付が閉まっていたし、出歩く人はほとんど居なかった。文化祭実行委員会を手伝っていた時から何かと直帰が減っている気がする。俺、ホントに帰宅部？とてもそうとは思えないんだけど。

「薬……しまいますわ」

「あ、はい……」

いかにも意気消沈《いきしょうちん》しているお嬢が右手を伸《の》ばしてくる。

処方された薬の入った袋《ふくろ》を手渡《てわた》す。お嬢は両手に抱《かか》える俺の鞄《かばん》のファスナーを開けると、丁寧《ていねい》に側面側に差し込《こ》むように仕舞《しま》った。弱々しいせいか、妙《みょう》に奥ゆかしさが増したお嬢に荷物を持ってもらっている状況《じょうきょう》に違和感しかない。

頭の中で言葉を選んでいると、前を歩く爺やさんが後ろを振《ふ》り向いた。

「佐城様。ご自宅まで送ります」

「お――」

「必要無い！」

「え？」

お言葉に甘えてお願いしようとすると、そんな俺の声を遮《さえぎ》るように高圧的な声が爺やさんの申し出を切り捨てた。あんまりな拒絶《きょぜつ》に驚《おどろ》いて声がした方を振り向くと、息を切らした様子で腰に手を当て、こちらに向かって来る姉貴が居た。

状況が呑《の》み込めずにいると、姉貴の後ろに他にも人が居ることに気付く。結城《ゆうき》先輩と、保健室に居たギャルっぽい先輩だ。確か……鬼束《おにつか》先輩だったか。ニコニコ笑顔《えがお》で俺に手をフリフリして来た。なに笑《わろ》とんねん。

「玉緒《たまお》、ちょっと鞄持ってて」

「おけまるー」

あっ、あの日はヤバい。

本能的にそう思ったのも束の間、姉貴は爺やさんの肩《かた》を掴《つか》んで退《ど》かしこっちに歩み寄る。姉貴の右肘《みぎひじ》が宙に浮《う》かんだのが見えた瞬間《しゅんかん》、反射的に左手をお嬢の顔の前に翳した。

「やめろ」

「……なんで」

早めのガードが功を奏したか、姉貴の拳《こぶし》は振りかざされたところで止まった。あれが振り抜かれれば放った本人ですら途中で止めることはできなかっただろう。俺はまた病院の世話になるところだった。

後ろに居る爺やさんは姉貴を止めようとしたのだろう、両手を伸ばそうとした状態で冷や冷やした顔をしている。ご高齢《こうれい》の人に寿命《じゅみょう》が縮む思いをさせるとか洒落《しゃれ》になってねぇよ。

「……っ……！」

包帯を巻かれた俺の左手を見て、とても生徒会の副会長とは思えないほど表情を歪《ゆが》めて俯く姉貴、悔しそうに拳を下ろすと、ギラついた目付きで後ろの爺やさんを睨み付けた。

「放っておけばろくな事にならないって……忠告してたはずだけど。長年生きたジジイでもどうにかできなかったわけ？」

「その……年寄りとしては、お嬢様がご自分で乗り越えることを期待していて……」

「その結果が、これ」

「うむぅ……」

姉貴の責めるような言葉に、呻《うめ》きつつ口を噤《つぐ》む爺やさん。どうやら前から顔見知りだったみたいだ。さすがに初対面で自分より何倍も生きてきた人にいきなりそんな態度は取らないだろう。しかし姉貴が狂犬《きょうけん》すぎる。このままただ見ているわけにはいかない。

「よく、ここが分かったな」

状況が事案と化さないよう、話を変えるように言葉を投げかけると、それに乗っかるように結城先輩が一歩歩み出た。

「お前を送り出して一時間。しかし、お前は帰って来ず、生徒会に面会したいという者も現れず。不思議に思って生徒会室に向かえば明らかに何かがあったように物が散乱した室内と血の跡《あと》だ。調べた結果、電話をかけてきたのは茉莉花《まりか》に唆《そそのか》されただけの学校の事務員である事が判明。行方《ゆくえ》を探《さぐ》ろうとしたところで楓《かえで》の下に血相を変えた鬼束がやって来た。お前がこの病院に運ばれたとな」

「楓、すっごい取り乱してたよ～」

「あ、あー……」

生徒会室、そのままだった……。おそらく事件現場にしか見えなかったに違《ちが》いない。その時の生徒会一同の顔が目に浮かぶ。

「あそこで何があったかは道中、監視《かんし》カメラを確認《かくにん》した甲斐《かい》から聞いた。改めて説明は要らない」

「あ……」

「渉《わたる》は、アタシらが連れて帰るから」

「し、しかし……ご両親に説明を」

「いらない。何もしなくていい。その代わり二度と近付くな」

「……」

止めようと覚束《おぼつか》なく手を伸ばすものの、言葉は出て来ず。これが姉貴のただの八つ当たりならまだしも、俺が知らない背景があるらしい状況で迂闊《うかつ》に口を出すことができない。これが再三注意した結果なら、確かに怒《いか》りをぶつけられて然《しか》るべきと思えるからだ。

「茉莉花」

戸惑《とまど》っていると、結城先輩がお嬢を呼んだ。

「前から言っていたはずだ、俺は家が決めたことに縛《しば》られるつもりはないと。直接的な言葉は避けてきたが、それにはお前との関係も含《ふく》まれている」

「ぁ……」

「家を継ぐ者として自分の立場は理解しているつもりだ。だからこそ東雲《しののめ》家には血縁《けつえん》を結ばずとも悪いようにはしないと伝えてある。そんな前時代的なものでしか繋《つな》げない関係などあるべきではないからな」

「わ、わたくしはただっ……！」

「今はこれ以上は言わない。だが後日、改めて俺の考えを伝えさせてもらう」

「……っ……」

親が勝手に交《か》わした結婚《けっこん》の約束。お嬢にとってそれは果たすべき責任だったが、結城先輩にとってそれは自分を縛り付ける枷《かせ》でしかなかった。どっちが常識的かで言えば結城先輩の方だ。普通なら自分の将来の相手を親に勝手に決められるなんて我慢ならない話だ。

でもあんなイケメンだったらなぁ……お嬢じゃなくても憧《あこが》れもするだろうよ。

「……それだけだ」

そう言ってスタスタと去って行く結城先輩。あれで僅《わず》かでも優しくしたつもりだろうか。全く優しくない。でもこれで正解なのかもしれない。希望を残すようにフラれて何度もアプローチをしてしまう悲しき怪物《かいぶつ》を俺は一人知っている。何故《なぜ》だろう、お嬢より先に俺が泣きそうだ。

「行くよ」

「あ、ああ……」

顎で先を示す姉貴。結城先輩の言葉で溜飲《りゅういん》が下がったのか、さっきより落ち着きを取り戻《もど》したようだ。どうにもこの構図でしゃしゃり出るのは難しそうだし、大人しく姉貴に付いて行くしかないか。

「……あっ」

俺の鞄、お嬢が抱えたままじゃん。神様……イタズラが過ぎやしませんか。俺が何か悪いことしましたかね。

「その……お嬢」

「な、泣いてませんわっ……！」

「え……」

「泣いていませんっ……」

中身の少ない俺の鞄をギュッと抱き締《し》め俯いているお嬢の顔は長い金髪《きんぱつ》で隠れていてよく見えない。とはいえ、震《ふる》える声を聞いてお嬢がどんな状態にあるかは簡単に察せられた。

必死に虚勢《きょせい》を張って紡《つむ》がれた言葉は、俺にとって降って湧《わ》いた果たすべき責任だった。

「……涙《なみだ》、似合わないっすね」

死を望んだかもしれないお嬢が、すぐ目の前でどうしようもなく今を生きている。これが再び立ち上がるための節目なのだとすれば、俺のさっきの安い言葉でその道を閉ざすわけにはいかなかった。

鞄はいとも容易《たやす》くお嬢の手から離れた。

悲しみを受け容《い》れず、自分の気持ちに抗《あらが》おうとする今のお嬢はきっと不細工な顔をしているのだろう。諦めで冷めきった涙とは違い、激情の篭《こも》った涙は熱くて仕方ないに違いない。それを無意味なものだと思いたくはなかった。叶《かな》わない理想の先には失恋《しつれん》と同じような後悔《こうかい》があり、後悔は人を磨《みが》くはずだから。

次に会うお嬢はきっと、今より綺麗なはずだ。

◆

「あれは……」

駐車場《ちゆうしやじよう》を通り過ぎてロータリーに差し掛かると、その先には来た時とは違って白光りする長めの車があった。いよいよ本物の金持ちって感じの車だ。今からあれに乗る事になるのだろうか。

「～♪」

「うっ……」

前を並んで歩く姉貴と結城先輩《せんぱい》の背中を追いかけている最中、たびたび視界に入ってくる強烈《きょうれつ》な視線。右隣《みぎどなり》で前後に動きながら、俺はあらゆる角度から観察されていた。

「あの、何すか……」

「楓の弟クン～ン♪」

「いや、ちょっ……」

スリ、スリと素材の触《さわ》り心地《ごこち》を確かめるように、俺の右肩《みぎかた》から上腕《じょうわん》にかけてを撫でる鬼束先輩。姉貴の弟と分かってから明らかに注目されている。これはっ……もしかするとシンプルに俺に惚《ほ》れているだけかもしれない……！

ふと姉貴を見ると、そんな俺と先輩を見て目を見開いていた。

「玉緒、アンタ……」

「うん～、大丈夫《だいじょうぶ》みたい」

「だとしても、今はやめな」

「だってずっと内緒《ないしょ》にされてたんだもん～」

「あ、こらッ！」

横からしなだれかかるように抱き付いてくる先輩。体重の乗った接触《せっしょく》に決して勘違《かんちが》いじゃない肉感が脇腹《わきばら》に伝わって来る。惜《お》しむらくは制服のブレザーであまり直接的に感じられないことだろうか。夏に出会いたかった……。

「あたっ☆」

姉貴とはまた違ったギャルの匂《にお》いを感じていると、鬼束先輩の頭をはたき落とす様なチョップが飛んで来た。いや痛い痛い……衝撃《しょうげき》が患部の左手にも伝わるんだけど。ズルッと離れた鬼束先輩は「あいたた……」と自分の頭を両手で押《お》さえてあざとく痛いアピールをしている。振《ふ》る舞《ま》いだけなら年上とは思えないものの、受験生ならではの染め立ての黒髪がギリギリ先輩感を保っている。

「この子はまたこういう……」

「やっぱギャルって距離《きょり》感バグってますね……」

「鬼束の場合、それだけではないと思うがな」

「……？」

「今回のことだが……」

返された言葉に引っ掛かりを覚えて首を傾《かし》げていると、結城先輩は顔だけでなく体もこちらに向けて俺の目を見てくる。距離も近いせいで俺は見上げるかたちになってしまう。何だこの身長差は……理想的なキスが出来てしまうじゃないか……。

「すまない……予見できなかった」

突然《とつぜん》の謝罪。頭は下げずとも、視線は地面に向いていた。いつもの淡々《たんたん》とした口ぶりとは違って、息遣《いきづか》いだけで放たれた言葉尻《ことばじり》からは後悔の色が滲み出ているように感じる。頼《たよ》れる生徒会長様は俺が知る限り狡猾《こうかつ》だ。これが演技か本心か……見抜《みぬ》けるほどの目を俺は持っていなかった。

「……」

鬼束先輩から視線を外し、苦虫を噛《か》み潰《つぶ》したように地面を見つめる姉貴は何も答えない。どちらかと言えば脳と口が直結している人間だ。本当に今回の責任が結城先輩にあると思っているのなら、姉貴はすぐさまその通りだと責め立てているだろう。だけどそうしないということは、強気に出られない何かがあるという事だ。他でもない——俺がそう思っているように。

「『二度と近付くな』……ね。そう簡単に上手《うま》くいくかね」

姉貴が俺を見る。俺も、その迷いの色が滲んで揺《ゆ》れる紫紺《しこん》の瞳《ひとみ》に目を合わせる。いつかの屋上の時のようだ。

「……何を」

思わず責めるように放ってしまった言葉に、結城先輩は怪訝《けげん》な表情を浮かべてこっちを見ている。サラッと流してくれるとでも思っていたのだろうか。俺が結城先輩のことを深く知らないように、結城先輩も俺が何を言い出すか予想できないのだろう。

「入学してから姉貴の噂《うわさ》をよく聞く。随分《ずいぶん》と影響力《えいきょうりょく》が大きい存在らしいな。だけど、影響力は大きいほど自分じゃ制御《せいぎょ》できなくなる。『放っておけばろくな事にならない』って言ってたけど……それは姉貴が言えることなのか？」

「ま、待ってくれ。そもそも茉莉花との一件は俺に由来するものだ。楓は一方的に恨《うら》まれたに過ぎない。責任は楓には――」

「お嬢だけなんですかね？」

「……なに？」

「姉貴を恨んでいるのは……お嬢だけですか？」

「……」

確かに今回の一件は特殊《とくしゅ》だった。結城先輩とお嬢が許嫁《いいなずけ》であるという関係性に端《たん》を発して起こった珍劇《ちんげき》。逆恨《さかうら》みには間違いないものの、力のあるべき所在である結城先輩ですら察知することができなかった。どちらかと言えば姉貴ではなく結城先輩に非があることは間違いないんだろう。だけど、結城先輩の姿勢だけでお嬢があんな凶行《きょうこう》に及《およ》ぶとも思えない。

「過去、鴻越《こうえつ》高校に事件があった事は入学してから知った。詳《くわ》しくは知らないけど、今の生徒会の働きかけがあって収まったことくらいは把握《はあく》してる。数年前まですぐに手が出るヤンキーだったんだ。姉貴を恨んでる人間がお嬢だけとは正直思えない」

「それは……」

自覚があるのか、姉貴は視線を落として俯く。理由はどうあれ、一つの形で姉貴は危害を加えられようとしていた。少し違った選択《せんたく》をしていれば、裁《た》ちバサミは俺の左手じゃなくて姉貴の頭蓋《ずがい》に穴を開けていた可能性があった。まさか、自分ならその力をもって制圧できたなんて楽観視しているわけでもないだろう。

「『弱いからこうなる』『弱いから戦えない』『だから力を持つ必要がある』——どれも姉貴が昔からこれまでに言った言葉だ。この先もそうやって必要のない力で敵を作っていくつもりか?」

「待て、いったい何の話を……」

「親父《おやじ》は家族を守るために立場を捨てた。結果、親父は思惑《おもわく》通りに守りたいものは守、る、事が、で、き、た。だからこそ今の俺たちがある」

「……ッ……！」

親父の名前を出すと、姉貴は顔を上げてさらに表情を歪めた。憎《にく》んでこそいないものの、反面教師にしている存在を引き合いに出されては黙っていられないだろう。

「今でもまだ、親父はあのとき間違ったと思うか？」

「それはっ……！」

姉貴は拳を固く握《にぎ》り、迷いのある顔で歯軋《はぎし》りを見せている。今にも暴れ出しそうな雰囲《ふんい》気《き》だけど、それももはや慣れたものだ。俺の言うことを受け入れられないのは顔を見ればわかる。だけど、感情に身を任せて力を奮うには大人過ぎたようだ。なまじ、姉貴が守りたいものに俺が含まれているせいかもしれない。

「──楓《い》は間違ってないよ～」

「ちょっ……玉緒……！」

瞬間、鬼束先輩が勢いよく姉貴に抱き着く。突然のことに姉貴の顔から歪んだ表情が消え、困惑《こんわく》の色が浮かんだ。同じように、俺も盤上《ばんじょう》をひっくり返すような鬼束先輩の行動に何の反応もできなくなってしまう。

「楓が居なかったらウチはここに居ないし～、学校も今みたいになってないし～、楓はスゴいんだよー？」

「え……」

「それに～、楓が誰《だれ》に恨まれようと、ウチらがどうにかするもん。ね？　生徒会長さん？」

「……ああ。その通りだ」

「……」

頬《ほお》をくっ付けられ、苦悶《くもん》の表情で鬼束先輩を押し剥《は》がそうとする姉貴。その馬鹿力をもってしてもギャル友の吸着力を上回ることはできないようだ。生徒会長さんが羨《うらや》ましそうに見ている。いやちょっと待て。

「足つかれた～、早く行こっ」

「わかった！　わかったから離《はな》して！」

「おけまる～」

「……」

姉貴が鬼束先輩に強引《ごういん》に引っ張られていく。初めて見る存在だ。まさか姉貴を思うがままに操《あやつ》るとは。俺にも優《やさ》しいギャルだし、さてはただ者じゃないな？

「……気は済んだか？」

「まぁ。そもそも、俺だって何が正しいかなんて分かってないですし」

「……そうか」

そもそもそんな深いことを考えて普段《ふだん》を生きていない。ただ一つ心がけていることがあるとすれば、不用意に余計な責任を負わないようにしている事だ。実現できているかは別として。

「じゃあ……俺もあの高級車に失礼して……」

「――何があった」

「え？」

断りを入れてお邪魔《じゃま》しようとしたところで、結城先輩から低い声で言葉を続けられた。

「楓のことは過去に調べたことがある。常人にはない行動力、暴力をものともしない胆力《たんりょく》……並みの過去であんな女が出来上がるとは思えなかった。お前という弟が居ることもその過程で知った」

「ええ……」

突然の話に情けない声を出すしかなかった。とても惚れてるっぽい女に対する評価とは思えない。自分の姉が人外のような奴《やつ》だと言われて俺はどんな反応を返せば良いのだろう。そりゃそんな女が近くに居たら調べるわな。

「だが、楓やお前と接しているうちに、不意に知らない情報が出てくる事がある。普通《ふつう》なら家《うち》が調べればすぐに出て来るような事だ。少なくとも楓とお父上の仲の話なんて聞いたともない」

「や、まぁ、普通そうなんじゃないっすかね……」

そもそも他人《ひと》の家の情報なんてどこから調べてるんだよ。書類に載《の》ってること以外の過去のエピソードなんて知らないのが普通じゃないの？　どの次元の話で当たり前を語ってるのかわからないんだけど。

「別に、親父と姉貴の間に確執《かくしつ》なんて無いですよ。考え方が違うだけで」

「そう、か……」

姉貴は親父を強く非難した事がある。でもその一方で、的確な判断で家族を守ってみせた親父を認めているのも確かなんだろう。普通に日常会話してるし。

「じゃ、行きましょうか」

「……ああ」

少し先で鬼束先輩に振り回されている姉貴を難しい目で見つめる結城先輩。姉貴に対して盲目的《もうもくてき》な恋心《こいごころ》を抱《いだ》いていると思っていたけど、そう単純なものではないのかもしれない。

——調べても、出てこない、か……。

幼い頃《ころ》、物心ついたばかりの俺は、ただ姉貴の後ろを付いて真似《まね》をするだけの末っ子だった。あのまま今に至ったのであれば、普通の歳《とし》の近い姉弟《してい》のようにお互《たが》いをウザったく思いながらも同じ家族として同じ方を向いていたのだろう。結果——おそらく俺達《おれたち》は、そんな関係にはなれていない。姉貴は「そんな事はない」と言い張るかもしれないけど。俺は姉貴との間に明確な違いがあると思っている。

一人、引き際を誤った男が居た。いま思えばあれは幼い姉貴にとって憧れを抱いた初恋《はつこい》相手だったのだろう。

あの時から、姉貴は弱さを悪とし力を身に付けるようになった。

あの時から、俺は親父と同じように厄介《やっかい》事を避けるようになった。

あの時から、俺と姉貴の見えるものは同じではなくなった。

7章 予期せぬ報せ

「うん、うん……よし」

校門際。汗《あせ》ばむ頬を撫でる涼《すず》しい秋の風の心地好《ここちよ》さに少女——夏川愛華《なつかわあいか》は微笑《ほほえ》んだ。手元のバインダーに挟《はさ》まった作業チェックリストの紙にペンを入れると、大きな作業を一つ終えた達成感に目を細め、横髪《よこがみ》を耳にかける。時刻は閉会式を終えてからおよそ一時間半だった。

文化祭の撤収《てつしゅう》作業において、実行委員は指示・誘導《ゆうどう》の役割を担《にな》う。学校内の各箇所において、文化祭前の状態に戻っているか確認するためだ。愛華は視界の端にカラーテープのゴミを見つけると、それを拾い上げて近くの生徒が持っているゴミ袋に入れた。

そろそろ実行委員も撤収か。そう思い周囲を見回す愛華の背中に、一本の影が伸びる。

「——な、なぁ！」

「？」

声変わりして程ないような、男子の少し掠《かす》れた声が響《ひび》く。愛華は周囲の生徒と一緒《いっしょ》に声のした方を向く。そこには白のパーカー、オーバーサイズのカーゴパンツに身を包み、短い髪を整髪料《せいはつりょう》で逆立てた少年が校門の端に立っていた。日焼けだろうか、浅黒い肌《はだ》とのコントラストが特徴的《とくちょうてき》だ。気のせいでなければ少年は真っすぐ愛華を見つめている。

「あ、ちょっと。もう関係者以外は」

「——ま、前に！」

「え？」

「が、学校案内をされた時から、忘れられなくて！　気が付いたらずっとあんたのこと考えてて ッ……！　俺が鴻越《こうえつ》高校に受かったら、付き合ってくださいッ！」

突如《とつじょ》としてぶつけられる熱い告白。声は大きく、校舎の建物に強く反響《はんきょう》する。内容も相《あい》俟《ま》って愛華は驚きのあまりその場で固まってしまった。頭に思《おも》い浮かぶのは、夏休みに中学生達を引き連れて高校の敷地内《しきちない》を案内した記憶《きおく》。確か、その中にやけに反抗的《はんこうてき》な中学生の少年が居たと、その時のことを思い出す。

「えー、なになにっ、告白？」

「うっそ、中学生？」

「すっげ、マジかよ……」

「……ぁ……！」

五秒程度の空白を生み、愛華の思考の回転はひそひそと忍《しの》ばせた黄色い声によって再開する。大きく目立った事により恥《は》ずかしくなり、顔が熱くなっていくことを自覚しながら、何とかせねばと件の少年に目を向ける。

その瞬間──愛華の直《す》ぐ横を大柄《おおがら》な影《かげ》が通り過ぎる。足を踏《ふ》み出そうとした愛華は慌《あわ》てて立ち止まる。

「──おーら。時と場所を弁《わきま》えろ中坊《ちゅうぼう》」

「あっ⁉」

さらにもう一人、黒いTシャツを着た男子生徒が少年の肩に腕《うで》を回す。さっきまで大道具の解体作業に勤《いそ》しんでいた先輩《せんぱい》だ。そこにまた一人、二人と在校の男子生徒達が近付いていき、中学生の少年を校門から外へと遠ざけて行く。

「ちょっ、待っ……⁉」

「根性《こんじょう》はすごいんだけどなー」

「迷惑《めいわく》かけちゃ駄目《だめ》よ」

中学生の少年は抵抗《ていこう》を見せたようだが、さすがに年上の男達に囲まれていつまでも続けることはできなかったようだ。校門から少し離れたところで静かになった。少し、乱暴されていないか心配になった。

「よう、大丈夫か？　一年」

「ぁ……は、はいっ」

多くの先輩の働きかけによって、呆然《ぼうぜん》としてる間に事態が収束する。校門の外から黒いTシャツの男子生徒達が戻って来た。手段は分からないが、どうやらあの中学生の少年と話を付けてきたようだった。周囲の同級生からは気を取り直すような声や、色恋《いろこい》を好む女子たちの少しがっかりするような声が聞こえて来た。

「まぁ、本当に受かったら考えてやれば？」

「えっ……と……あはは」

近くに居た先輩の女子が他人事のように言い放ってくる。実際その通りなのだが、そんな簡単に薦《すす》めてこなくても……と、愛華はどこか納得できない気持ちに包まれた。何とか愛想笑《あいそわら》いを浮かべて、それを返事とする。

作業が再開する。とは言っても残るは荷物を持って撤収するだけ。愛華は集中力を削《そ》がれた気持ちのまま人波に付いて行く。頭の中ではド直球に告げられた熱い想《おも》いが何度もリピートされた。すっかり印象を焼き付けられてしまっていた。

ただ、不思議とそれは未知との遭遇《そうぐう》による衝撃ではなく、どこか懐《なつ》かしく。繰《く》り返される声は、気付かぬうちに別の少年のものに変わっており……愛華がそれに気付くことはなかった。

◇

文化祭実行委員会の会議室には多くの生徒が揃《そろ》っていた。愛華は遅《おそ》めの帰還《きかん》だった。先輩を待たせていたかもしれないという申し訳なさから、姿勢を低くして早足で所定の席に向かう。その左隣《ひだりどなり》には同じクラスの実行委員である男子の佐々木《ささき》が座《すわ》っており、奥《おく》には二年生の同性の先輩である井上《いのうえ》の姿もあった。

近付くと、その先輩と目が合う。

「——愛を叫《さけ》ばれたんだって？」

「はひゅっ⁉」

ニヤリと笑《え》みを浮かべた井上の口から放たれた言葉に、愛華の口からかつてないほど裏返った声が放たれる。愛華は驚き、慌てて自分の口を押さえた。再び周囲の視線が集まったことに恥ずかしくなって萎縮《いしゆく》し、そして口撃《こうげき》を加えた井上はそんな愛華の様子に大喜びした。

「慌ててる！　かっわいいなーもう！」

「あ、う……」

佐々木越《ご》しに手を伸ばし、愛華の背中をバンバン叩《たた》く井上。あまり経験したことの無いイジりを、愛華は顔を赤くしたまま甘《あま》んじて受け入れた。

「ちょっ、先輩……！　当たってる当たってる……！」

「は、キモ」

佐々木は彼氏《かれし》持ちの先輩の胸部をこれでもかと側頭部に受け、動揺《どうよう》を隠《かく》せないようだ。

彼女《かのじょ》が出来たばかりの彼《かれ》に救いがあらんことを――。

「それじゃ、お疲《つか》れ様《さま》。今度の昼休みに小さな打ち上げをやるから、よろしくね」

「はーい」

最後の挨拶《あいさつ》を終え、何かとドラマの多かった文化祭が終了《しゅうりょう》した。実行委員の中で特に見た目の変化が大きかったのは委員長の長谷川《はせがわ》だろう。真面目を象徴《しょうちょう》するおさげは無くなりショートカットに。眼鏡をコンタクトレンズに変えて、すっかり垢抜《あかぬ》けた印象が強まっていた。まるで失恋でもしたかのような変わり様だ。その場を締める声はすっかり余裕《よゆう》を取り戻していた。

「よしっ！　そんじゃ、戻るか！」

「斎藤《さいとう》さんも待ってるもんね」

「そ、そうだな！」

解散まで緊張感《きんちょうかん》のある最終ミーティングに愛華は何とか冷静さを取り戻した。ただ自分の教室に戻るだけのことに気炎《きえん》を吐《は》く佐々木に、愛華は最近のトレンドをピックアップして応える。女は恋《こい》にときめくところから始まるもので、それは愛華も例外ではなく――佐々木に対する注目度は教室に待ち受けているであろう大和撫子《やまとなでしこ》との交際開始前より明らかに高くなっていた。

(――そっか……)

佐々木の隣《となり》ではなく、一歩後ろを歩く愛華はどこか余裕の無い背中を見ながら思う。最近、そういう話が増えたな、と。中学生の頃とは異なる人間関係の変化に、愛華は時の流れを感じずには居られなかった。

(どう、しよっかな……)

先ほどの衝撃的《しょうげきてき》な出来事、少年の感情のこもった叫びを思い出しながら、自分の心の表層の蓋《ふた》を開けて中を覗《のぞ》き見る。

心の底に、淡《あわ》い気持ちがある。おそらく最近できたものだ。ポトンと沈殿《ちんでん》する雫《しずく》の塊《かたまり》のようなそれは、表面をなぞると強い刺激《しげき》を愛華に返す。一思いに触《ふ》れると、堪《たま》らずに声を上げてしまいそうな衝動《しょうどう》が込み上がり、愛華の手足に抑《おさ》え切れないエネルギーを伝える。

だから、迂闊に触ることができない。

目の前を歩く佐々木の、その交際相手の少女にもきっと自分と同じものがあるのだろう。なぞったとき、触れたとき、同じ刺激が体を伝わって驚いたことだろう。持て余して悩《なや》んだことだろう。そして今、彼女はやっとの思いで掴んだ存在とともに、満を持してそれに触れようとしているのだろう。きっと——理想的なかたちで。

（どうすれば、いいのかな……）

もの足りないと感じるほど、心の渇《かわ》きは一気に加速する。そうなってから初めて過去を後悔する。それを拭《ぬぐ》う方法は、本能という名の説明書には書かれていない。まったくもって人の心は不完全だ。

そんな神の不手際《ふてぎわ》を、人は理性によって自分をコントロールすることで尻拭《しりぬぐ》いする。それを為《な》しえて人は初めて大人となる。自分を満たすため、時には他者を必要とすることに気付かない愛華は未熟に尽《つ》きた。

そんな中、心の底が渇き切ることがどれだけ寂《さび》しいことかを知った。この一滴《いってき》の潤《うるお》いを失くさないようにするためにはどうすれば良いか。乙女心《おとめごころ》という特殊スキルによって、愛華はその答えが目の前のサンプルの行く末にあるのではないかと感じ取っていた。

「——あうっ」

「おっと」

何らかのハプニングを感じ、床《ゆか》に向けていた視線を上げる。廊下《ろうか》の曲がり角、前を歩く佐々木に一人の小柄《こがら》な女子がぶつかったようだ。幸いにも転倒《てんとう》するなど大事には至らなかったらしい。少女が御守《おまも》りのように両手で胸に抱《かか》えているスマホが目に入る。そんな彼女のあまりにひたむきな様子を見て、愛華は目を細める。

「あれ、一ノ瀬《いちのせ》さん。どうしたんだ？」

彼女の心にも、同じものはあるのだろうか。

愛華から見て目の前で目をパチパチと瞬《しばた》かせる少女は小動物のようで可愛《かわい》い。客観的に見たとしても、同性であっても庇護《ひご》欲をそそり、つい護《まも》ってあげたくなるような感情を抱くに違いない。けれど、愛華は今に限っては意識的に良心を伴わないと彼女に手を差し伸《の》べられなかった。妹がいるため、どちらかと言えば世話焼きな自覚があるのに、おかしいなと内心で首を傾げる。

「大丈夫？　一ノ瀬さん」

「は、はいっ……すみません……」

彼女の気が小さいのは周知の事実。あまり話したことがなく、図体《ずうたい》の差がある佐々木が円滑《えんかつ》に会話を進めるのは難しいように思えた。続きを愛華が引き継《つ》ぎ、そして佐々木は愛華の首肯《しゅこう》を受け取り、気合いを入れて教室へと臨《のぞ》んだ。グッドラック。

「あ、あの……夏川さん」

「うん。なぁに？」

余裕無さそうな小さな声に悪感情など欠片《かけら》も抱くはずがなく。愛華はやはり世話焼きな一面を出して目の前の少女に尋《たず》ねる。少し屈《かが》んで身長を合わせるというオプション付きである。愛華の姉としての意識がギアを一つ上げた。

「——佐城《さじょう》くん、知りませんか」

「……えっと」

意識、ニュートラル。

どうしてかは分からないが、愛華はつい笑顔《えがお》のまま固まってしまう。すぐに我を取り戻し、何とか間投詞でつなぐ。どうやら目の前の少女はスマホを両手でキュッと握り締め、小汗をかきながらひたむきに足を急がせ、佐城という名の少年を健気《けなげ》にも探しているようだった。

「……渉《わたる》が、どうかしたの？」

「そ、その……見当たらなくて……連絡《れんらく》しても返事が……」

言いながら少女はスマホの画面に目を向け、そして周囲を見回す。その時点で愛華はこの余裕の無さが引《ひ》っ込《こ》み思案《じあん》な性格由来のものではなく、本当に焦《あせ》っているからのように思えた。

「クラスの片付けをしてたんじゃないの？」

「み、見てないです……」

「見てない……？」

教室という限られた空間で姿を見ていないというのは不思議な話だ。佐城渉という少年は文化祭実行委員会にも大きく関わりのある存在だが、それなら先ほどまで愛華が過ごした会議室に居てもおかしくはない。だとするなら、

「生徒会か、風紀委員会かな……？」

「生徒会にお姉さんが居るの。知らない？」

「え……？」

「……」

困惑した表情を浮《う》かべる健気な少女。どうやらこの学校の副会長が佐城渉のバックに居ることは知らなかったようだ。少しだけ気持ち良い気分になる。今さらながら凄《すご》い人の弟なのだなと、愛華は渉の立ち位置が普通ではないことを再認識《さいにんしき》した。

「風紀委員会は……」

「……？」

「風紀委員会は――なんだろう？」

大きく丸い垂れ目が不思議そうに愛華を見上げる。

風紀委員長である先輩の四ノ宮凛《しのみやりん》はその名の通り凛とした立ち居振る舞いが特徴的であり、この学校の女子の憧れの的となっている。愛華の親友である芦田圭《あしだけい》も例外ではなく、キラキラした目で遠くから眺《なが》めてはだらしない笑みを浮かべることもしばしばだった。

渉はそんな風紀委員長と何故か関わることが多く、たまに昼食を共にすることもあるのだという。単に姉の友人という繋がりなら理解できるのだが、間に姉を挟まずに可愛がられて教室に戻って来ることがある。本人も首を傾げていた。

「たぶん……すぐに戻って来るんじゃないかな」

「ん……」

何にせよ、渉は何かと年上のお姉さん達に振《ふ》り回されている印象だ。今回もまた何か別件を抱え、遠い目をしながら作業しているのだろう。愛華はそう結論付けた。

「行こ？　一ノ瀬さん」

「は、はい……」

文化祭実行委員会も解散したのだ、あとは帰るだけ。これよりも教室から離れてしまえ

ば目立つことになるかもしれない。心配そうに自分のスマホを見つめる少女を見ながら、
愛華は眉尻《まゆじり》を下げて笑った。

◇

「……」

日常が戻り、生徒が思い思いに雑談に耽《ふけ》る教室。愛華は窓際《まどぎわ》の一番後ろの席で、目の前の人の居ない席を眺める。そこは他でもない、先ほどの少女が探していた佐城渉の席だった。木椅子《きいす》が机の上に逆さに積まれバッグも載せられていたため、愛華が下ろして荷物は机の横のフックに引っ掛《か》けてあげた。

「さじょっちめ〜、片付けをサボってぇ……！」

「圭」

そこに不満げな表情の親友がやってくる。黄色いパーカーの上にブレザーを羽織り、歩きながら頭の後ろに手枕《てまくら》をして口を尖《とが》らせている。愛華が名前を呼んで応えると圭はそのまま渉の席に座った。

「何に呼ばれたかは知らないけどさっ。クラスのこと全部サボるのはなくない？」

「メッセしても返事ないし。どこの女の子誑《たぶら》かしてるんだろーねっ」

「いやそんな、〝誑かしてる〟って……」

圭のあまりの言い分に、愛華は苦笑いを返す。圭はプンプンと憤《いきどお》った様子で言葉を続ける。

「ツンデレ同級生に始まり年上おねーさん、マスコット、年下おねーさん、ブラコンのさきち妹！　今度はなに？　ギャルとか？」

「何よそのラインナップ……お姉さんまで入って——って誰がツンデレよ⁉」

「にしし っ、ごめんごめん！」

「もうっ……！」

さらっと決め付けてくる圭に苦言を呈《てい》しつつも、会話の中で出てきたある部分に引っ掛かりを覚える。先ほど渉を探していた少女同様、圭も連絡が取れないというのだ。

愛華は圭に確認《かくにん》する。

「何回も連絡したの？」

「うん、そうだよ。愛《あい》ちは？」

「私は今から……」

「それは……確かに」

「愛ちもわかんないんだ……こうなったらグループに投下しちゃお！」

愛華はスマホを立ち上げ、あまり開かない渉との個人的な会話画面を開く。最後に二人だけでやり取りしたのは文化祭の前日の夜だ。帰り道で別れたあと、今日一緒に回ることについて少しだけ話し、寝《ね》るには少し早い時間にお互い『おやすみ』で締め括《しくく》っている。一瞬《いっしゅん》だけ口角が上がってしまうも、直ぐに気を取り直して親指を画面に這《は》わせる。

【いまどこなの？　もうすぐ解散よ】

送信。五秒待つ。既読《きどく》のマークは付かない。

そのまま画面を眺めていると、クラスグループの方に圭がメッセージを放った。

【クラスの片付けをサボったさじょっち。打ち上げ奢《おご》りね】

「あ、打ち上げ……」

「そ！　これから打ち上げだよ！　大槻《おおつき》ちゃんには内緒ね！」

「せ、先生……」

【佐城だけカラオケ採点制な】

【キー＋3な】

圭のメッセージにかぶせるように、クラスの他の子たちが渉に向けて恨みつらみを吐いていく。思っている以上にクラスの片付けに参加しなかった罪は大きいようだ。何気に最初の圭の発言の威力《いりょく》が最も高い。

「……返事、ないね」

「なにやってるんだろう……」

個人チャットの画面はまだ既読が付かない。圭も同様のようだ。さすがに何かトラブルに巻き込まれたのではないかと少し心配になり、二人で顔を見合わせる。

「電話、する……」

「うん、そだね」

「えっと……」

実は自分から通話をかけたことがない愛華は画面上で通話のマークを探す。ようやく見つけて着信画面に切り替《か》わると、スマホを耳に当てて渉が出るのを待つ。心配しているのはそうなのだが、初の試みに鼓動《こどう》が早くなる自分が居た。

「……えっと」

「出ない？」

「ううん、もうちょっと――」

『しっつれーいしまーす！』

「「！」」

通話を掛け始めて十数秒。突如、周囲のざわめきを塗《ぬ》り潰すような明るい声が教室に響き渡《わた》る。大きな声に圭と二人して目を向けると、三年生の色のネクタイをした女子生徒が教室の後ろから走って入ってきた。

『ねぇねぇ、ここC組？　C組だよね？』

『そ、そうですけど』

ウェーブがかった長い黒髪《くろかみ》の先輩。声の調子や立《た》ち居振《いふ》る舞《ま》いからは真面目な生徒という印象を受けない。突然の訪問者に教室内は別のざわめきに包まれる。当然、愛華と圭も再び顔を見合わせた。

渉が誑かす候補ともなっている特徴《とくちょう》のある彼女はそんな周囲の視線をものともせず、教室の後ろできょろきょろと何かを探している。

『あのさ、弟クン――佐城くんの席ってどこ？』

「え……」

「ほぇ？」

突如、騒《さわ》ぎの中心人物の口から渉の名前が放たれ、愛華と圭は思わず呆《ほう》けた声をこぼしてしまう。謎《なぞ》の先輩は近くの男子生徒から渉の席を教えてもらうと、愛華と圭が居る場所に目を向けた。

「えーっ……と？」

「あっ、ここ、です」

「あ、キミが座ってたんだね」

「はい……あ、ちょっと！」

「勝手に！」

　圭が渉の席から立ち上がり、場所を空ける。謎の先輩は席の横まで来ると、何も言うことなく渉のバッグを手に取り、そのまま持ち去ろうとした。さすがに問答無用が過ぎるので二人して呼び止める。

「なぁに？　いま急いでるんだけど」

「ま、待って、あの、何が――」

「彼、これから病院だから。今日はもう帰って来ないよ」

「え……」

「さっきも言ったけど、急いでるから！　ありがと！」

「あ……！」

　詳しい事情を尋ねる間もなく、謎の先輩は明るい調子のまま去って行く。一拍遅《ぱくおく》れて愛華と圭が伸ばした手は掴《つか》む先も無く宙を彷徨《さまよ》った。堂々と言い放たれた渉の不在理由に、教室内が静まり返る。

「え……佐城、またぶっ倒《たお》れた？」

誰か男子生徒が呟《つぶや》く。それを皮切りにさらなるざわめきが教室を包み込む。先輩がわざわざ荷物を取りに来るという事態に心配の声も少なくはなかった。渉と関わりの少ない一角では口さがない憶測《おくそく》まで飛び交《か》っているようだった。

「…………」

「…………」

目の前で告げられた愛華と圭は何が起こったのか分からずその場で固まる。教室の反対の窓際では、健気な少女が青ざめて同じように放心状態に陥《おちい》っていた。

◇

『渉が、病院に――』

声もなく胸中で呟いた言葉を最後に、愛華は圭との会話どころではなくなった。真相を確かめるべく今すぐ駆《か》け出したい衝動に駆られるも、圭がそっと愛華の腕に手を添《そ》えて首を横に振る。ホームルームを控《ひか》えた彼女たちに自由はなかった。覚束《おぼつか》ない指先でスマホの画面をなぞり心配している旨《むね》を渉に連絡しようとするも、病院に向かう理由も分からないままでは切り出し方すら分からなかった。

「……」

「あ、愛ち……落ち着こ?」

よほど落ち着きがなかったのだろう、その場で忙《せわ》しなくソワソワする愛華を圭が落ち着かせる。愛華はそんな親友の心配そうな眼差《まなざ》しに動きを止め、しょんぼりと下を向いた。

「心配だよね、そうだよね」

「……うん」

歩みを合わせるような言葉に、愛華はようやくひとまずの落ち着きを見せる。気が付けば席に座らされていた。後ろから圭の腕が愛華を包み、逸《はや》る心にそっと真綿のマフラーを巻き付けられる。

「さじょっちだもん、大丈夫《だいじょうぶ》だって」

「……うん」

耳元でそっと囁《ささや》かれる声。気を収められた自覚がある愛華は理性をもって素直《すなお》に首肯する。こんな時に人の温《ぬく》もりを享受《きょうじゅ》している場合ではないと心が抗《あらが》う反面、血の気が引いた首元を暖められる心地好さを否定できなかった。

机の上をジッと見つめながら、愛華は過ぎ行く時間が遅くなるのを感じた。

◇

「佐城くんだけど、ちょっと怪我《けが》しちゃったみたいで病院に向かいました。もう少しで無事に文化祭を終えられたのに、残念ね」

「怪我……」

愛華が待ち侘《わ》びたホームルーム。担任の大槻から語られた真実により、渉の容態について一つ情報を得られた。想定していた複数のケースの中で最悪と言える真実だった。さしものクラスメイトもここでおちゃらける者は居なかった。

「はい、それじゃ明後日からの話だけど――」

話題はすぐに別の連絡事項《れんらくじこう》へ。大槻はあえて空気が重くならないように場の空気をコントロールしたのだ。掌《てのひら》の上で転がされた生徒たちはすぐに平常心を取り戻《もど》す。そして話題はこの後に控えたおじさん職員たちとの飲み会の愚痴《ぐち》へ――半数以上の生徒はその話を聞いて笑みを浮かべ、頭から渉の話を忘れ去らせた。

ホームルームが終わって解散が告げられると、愛華のもとに圭と佐々木がやって来る。

その後ろを困惑《こんわく》気味の斎藤舞《まい》が追いかけた。交際を始めたばかりの彼氏が、ホームルームを終えていの一番に他の女子のもとに向かうのだからその胸中は複雑だろう。

佐々木が難しい顔をして愛華に言葉を投げかける。

「夏川……打ち上げ、どうする？」

「え……」

それは佐々木なりの気遣《きづか》いだった。曲がりなりにも愛華を想った事がある彼は、愛華が近しい存在の怪我を忘れて楽しめるような女の子ではないことを知っていた。逡巡《しゅんじゅん》するにしてもその迷いは短く、どう考えても楽しめると思えなかった愛華は参加しない方向に心が傾《かたむ》く。断ろうと佐々木に向かって口を開く。

それに対し、親友が待ったをかけた。

「愛ち……行こ？　たぶん、じっとしてる方がモヤモヤすると思う」

「圭……」

「確かに、芦田の言う通りではあるな……」

親友の主張、それはどうせ自分たちにできることはないのだから、せめて何かをし続けることで少しでも心の負担を減らそうというものだった。佐々木もその考えに同意している。自分より冷静な二人の説得を聞いて、愛華は今は自分の判断を信じるべきではないと判断した。

「そう、ね……わかった。私も行く」

「うんっ、よかった！」

心配する気持ちも、その優《やさ》しさも、いつでも相手に届けられるわけではない。気持ちを伝えるためには一方通行では意味がないのだ。いま愛華に必要なのは、渉と連絡が取れるようになったタイミングで最適な言葉を投げかけるため冷静さを取り戻すこと。

愛華は深呼吸して息を整える。

（……あ、そうだ）

わずかばかりの活力を取り戻した愛華は、同じく渉と関わりの深い存在である一ノ瀬深《み》那《な》に目を向ける。愛華の席の反対側、廊下側《ろうかがわ》の窓際の席に座る彼女は、ホームルームを終えたというのにまだ座り続けていた。

（あれ……？）

きっと渉の怪我を知って放心状態になっているのだろう。それは理解できる。しかし、一人のままでいる姿に愛華は首を傾《かし》げる。普段《ふだん》は寡黙《かもく》な彼女だが、二学期に入ってからは常に誰《だれ》かに構われるほどの人気ぶりであるはずなのだ。

そんな深那のもとに愛華は向かう。

「一ノ瀬さん……大丈夫？」

「⁉　えっ……ぁ……」

肩《かた》に手を置いた瞬間《しゅんかん》、ビクリと体を震《ふる》わせる深那。すぐに愛華だと気付くと、我を取り戻したかのように周囲を見回す。

「ホームルーム、終わったよ」

「あ……」

愛華の予想通り、深那は自由になった事に気付いていなかったようだ。それを自覚したのか肩を竦《すく》めてから恥ずかしそうに視線を落とした。何となくそれに至るまでの経緯《けいい》や気持ちを察している愛華は、先ほど自分にされたものと同じ問いを深那に投げかける。

「一ノ瀬さん。打ち上げ、どうする？」

「……」

この少女の胸中が、もし自分と同じだとするなら。心の負担を減らすためにも圭から勧《すす》められたように深那も打ち上げに来るべきだろう。そう思った愛華は多少、強引《ごういん》にでも深那を連れていこうと考える。文化祭が始まる前、深那が打ち上げに参加するよう他のクラスメイトから駄々《だだ》をこねられていたことを知っている。

少女は、揺《ゆ》れる瞳《ひとみ》で愛華を見上げ——。

「わ、わたしっ……アルバイトがあるのでっ！」

「あっ……」

思っていたより俊敏《しゅんびん》な動きで立ち上がった深那は愛華が予想していなかった言葉で断りを入れると、鞄《かばん》を持ってパタパタと走り教室から出て行った。返す言葉に迷ったこともあり、引き留めるため手を伸ばすのが遅すぎた。

「大丈夫かな……」

「優しいね、愛ちは」

心配そうにする愛華を、愛《いと》おしそうな目で見つめて微笑みながらやって来る圭。深那からきっぱりとフラれた事も相まって、顔を赤くすることしかできなかった。

◇

クラス委員長である女子生徒──飯星《いいほし》主導で予約されていたカラオケ店の大部屋。参加するクラスメイト全員が入るには少し窮屈《きゅうくつ》だが、文化祭の後ということでそもそも鴻越《こうえつ》高校の生徒が詰《つ》め寄せていた。見慣れた制服の生徒が、店内のいろんな部屋を行き来している。佐々木はサッカー部の先輩にヘッドロックされ連れて行かれた。

歌ってノッて騒がしい室内。愛華の口角も自然とその雰囲気《ふんいき》に引っ張られて上がる。愛華はテンションが上がっても騒ぐタイプではない。そのためじっとソファーに座って両手でドリンクのグラスを握《にぎ》っているだけだったが、明るくない気持ちを少しでも回復させるには十分すぎるほどだった。

そんな中、ややしっとりとした前奏が流れ出す。誰もが知ってるような女性ボーカルの曲だ。待望の女子の出番がやって来て、室内の男子が爆発的《ばくはつてき》に盛り上がる。

「愛ち！　歌おっ！」

「えっ!?　ええ……!?」

圭によりグラスをテーブルの上に置かれ、腕を引っ張られる愛華。急な誘《さそ》いに困惑しながら皆《みな》の前に引っ張り出され、どこからともなく新たなマイクが回ってきた。

圭から始まった歌い出し。Aメロを終えると、愛華はおそるおそる遅《おく》れないようにBメロを歌い出す。度重《たびかさ》なる妹への子守唄《こもりうた》で磨《みが》き上げた囁くような声に、男たちは暫《しば》しの休憩《きゆうけい》と言わんばかりに落ち着いて耳を傾けた。カラオケ恒例《こうれい》の光景である。

歌詞を意識しておらず、そういえばラブソングだ、と気付いて顔を赤らめたのは歌い終わった後の話。

「ほっ……」

　女子のターンが続いて騒がしさが多少収まり、体を動かしたわけでもないのに愛華はソファーに座ってひと息つく。圭は別の場所で誰かが膨《ふく》らませたパーティーグッズの風船をスパイクして男子の顔に打ち付けていた。

　そんな折、机の上に置かれていたいくつものスマホがパッと点灯する。愛華のものも例外ではなかった。拾い上げて確認すると、クラスのメッセージグループに新着メッセージが届いた通知だった。

【行けなくてごめん。ドジった】

　通知画面に収まる短いメッセージに、愛華は目の色を変えてスマホのロックを解除する。すぐに連絡しようとするも、グループメッセージは渉の一言を皮切りに次々と更新《こうしん》された。手持《ても》ち無沙汰《ぶさた》になっていてスマホに指を滑《すべ》らせるクラスメイトは少なくなかった。

【大槻ちゃんから聞いたよ。だいじょうぶ？】

【おつかれ。どこ怪我したん？】

【なんか居ないと思ったわ】

「う……」

　一日の中で愛華がスマホを触《さわ》る時間はそんなに多くはない。スマホ中毒な同級生の素早《すばや》いフリックや口火の切り方に付いていけないのは当然の帰結だった。言葉を選んでいる間にグループの更新は加速していく。しかも訊《き》きたい事を代わりに訊いてくれるものだから余計に発言のタイミングを逃《のが》してしまう。

【掌《てのひら》。片付けしてたら工具がぶっ刺《さ》さっちゃって】

「ぁ……」

周囲からどこともなく「うわっ」と小さな悲鳴が聞こえる。渉の言葉を映像で想像してしまったようだ。それは愛華も例外ではなかった。患部《かんぶ》を押《お》さえられず、もう片方の手で手首を握って苦悶《くもん》の表情を浮かべる一人の男の子。膝《ひざ》から崩《くず》れ落ち、再起することもなく床に頬《ほお》を擦《こす》り付けて呻《うめ》く一人の男の子。誰かに運ばれて行くその様子まで、愛華の頭の中で嫌《いや》なほど鮮明《せんめい》に映像が作り上げられていく。堪らず、スマホを自らの胸に押し当てていた。

【マジかよ】

【痛そー】

【大丈夫だって。入院するほどじゃないし】

そんな言葉、信用できない。

アプリのメッセージから声は聞こえない。表情を読み取れない。ただ指先を動かすだけで放たれる言葉にどれだけの信憑性《しんぴょうせい》があるというのだろうか。

スクッ、と立ち上がった愛華に視線が集まる。部屋の扉《とびら》までの動線、何かを察したクラスメイト数名がソファーに深く沈《しず》む。その前を、愛華は足早に駆け抜《ぬ》けた。

8章❤〈……〉❤秋の空

【見る？　貼《は》ろうか？　貼ろうか？】

【やめて】

【絶対にやめろ】

【キモい】

心配の声はやがて誹謗《ひぼう》中傷へと代わり、俺《おれ》は開示請求《せいきゅう》も辞さない気持ちで無事を伝えた。そもそも身元割れてんだけどな。相変わらず女子からの罵声《ばせい》は攻撃力《こうげきりょく》が高い。鎮痛剤《ちんつうざい》の効果が一気に薄《うす》くなった気がする。痛《い》てて……。

そんな俺に追い打ちをかけるように文化祭の打ち上げを楽しむ様子の画像がスマホのトーク画面に貼られていく。楽しんでるようで何よりだ。俺のせいでみんなを萎《な》えさせるような事が無くて良かった。ていうかちょっと寂しい、画像だけじゃなくて、誰か動画送ってくんないかな……せめて雰囲気だけでも。

「……ハァ……」

　ベッドの上、無音の自室は画像から伝わる賑《にぎ》やかさとは打って変わって静かだった。仰《あお》向《む》けに寝転《ねころ》がったまま耳を澄《す》ますと、どこか遠くから車が通り抜ける音が聞こえる。誤って左手を投げ出さないよう、スマホを握る右手もそっとベッドの上に置いた。何でこんな事になってるんだろうなぁ……。

「……ん」

　トーク画面を開いたままにもかかわらず震え始めるスマホ。誰かが俺に通話して来てるようだった。

　重く感じる腕《うで》を再び持ち上げて画面に目を向けるとそこにはまさかの人物の名前が表示されていた。

「⁉　なつかブフッ────⁉」

　スマホ画面では見慣れない名前にびっくりしてスマホを手からこぼす。みごと俺の鼻先に落ちて視界に星屑《ほしくず》を散らした。そうか……これが厄日《やくび》ってやつか。ようやく合点《がてん》がいったぜ。お前が全ての黒幕だったんだな……。

「な、なふはわ……」

　何で、と思うことも無かった。思えばしつこく付き纏《まと》っていたあの頃《ころ》も、心配してわざわざ俺の家の場所を山崎《やまざき》から聞き出して訪ねてきたほどだ。俺が知る夏川《なつかわ》の当たり前の優しさだった。

鼻を押さえながら腹筋だけで何とか上体を起こし、スマホを拾って画面に指を這わせる。

「も、もしも――え⁉」

通話を開始して耳元に持って行こうとした瞬間に画面に映る、夏川のご尊顔。まさかのビデオ通話に大声が出てしまう。慌《あわ》ててスマホを正面に構え、俺の右腕《みぎうで》は血の通った自撮《じど》り棒と化した。画面にはどこか不安そうな表情の夏川が映っている。

「――元気？」

『こっちのセリフよ！』

【悲報】夏川、怒《おこ》る。

どう考えても言葉を間違《まちが》えましたね……。ただ正解も思《おも》い浮かばない。次点で「なんか用？」が思い浮かんだけどこれも夏川が怒る光景しか思い浮かばなかった。俺たぶんいま余裕《よゆう》ないんだな……。

はぐらかすため言葉を探す、自分の口がヘラヘラと笑っているのが分かった。

「わ、悪い、心配かけちゃった？」

『そッ……そうよ！　教室に戻ったら居ないし、知らない先輩《せんぱい》があんたの荷物持って行くし……病院に向かってるって言うし……』

「……」

自分の眉尻が下がるのがわかった。やっぱり夏川は夏川だった。優しくて、世話焼きで、可愛い女の子。あまりに完璧《かんぺき》タイプすぎて現実を疑ってしまいそうだ。俺が気付いていないだけで、実はVRMMOにログインして三年目なんてオチなのかもしれない。そんな理想的な存在に悲しい顔をさせてしまっている。返す言葉に躊躇《ためら》い、そしてなおさら事の経緯をそのまま語るわけにはいかないと思った。

『……大丈夫なの？』

画面に映る俺を見てるのか、夏川はカメラの位置よりやや下のあたりを見ている。凝視《ぎょうし》されていると思うと面映《おもは》ゆいな。直接目を合わせてるわけでもないのについ顔を逸《そ》らしてしまう。

『ちょっと、よく見せてっ』

「あ、うん……」

ちょっと怒られ慌ててスマホに対して正面を向く。そんなに眺めるもの？　ちょっと恥《は》ずかしいんだけど……。俺の顔のどの辺をよく見ているのだろうか……確認観点を教えて欲《ほ》しい。次からそこを重点的に仕上げるから。このタイミングでいきなりキメ顔したら夏川また怒るかな……。

『きゃッ……!?』

「!」

危ない考えに胸をハラハラさせていると、画面の向こう側で夏川に向かってガバリと誰かが後ろから抱《だ》き着いた。向こうでスマホが振られて画面の映像が乱れる。顔は見えなかったけど、芦田《あしだ》だ。芦田だよな？　芦田であってくれ……！　少なくとも女子じゃなかったら失神する自信があるぞ。頼《たの》む……！

『さじょっちを独《ひと》り占《じ》めしてる犯人つっかまーえたっ！』

『け、圭《けい》っ……！　ひ、独り占めってっ……そんな』

『やっほー、さじょっち。無事……？　何で胸を撫《な》で下ろしてんの？』

『あ、その手……』

正しい百合《ゆり》ップルの完成に全俺《ぜんおれ》が安堵《あんど》した。別に他の女子でもそれはそれで捗《はかど》るものがあるけど、少なくとも野郎《やろう》による強引なセクハラじゃなくて安心した。ほっとしたのも束《つか》の間《ま》、包帯でグルグル巻きになった左手を見られてしまう。手の甲《こう》側で良かった。

「いやほら、グループの方に送った通りだよ。文化祭の片付け中にヘマしちゃってさ」

『手に、刺さったって』

「そうそう、工具がこう、グサーって」

『うっ……』

二人は怪我の瞬間を想像したのだろう、呟いた直後に目をキュッと瞑《つぶ》って堪《た》えるような顔をする。心配してくれてるのにごめんな、その顔可愛《かわい》い。今ならこっそり画面にキスできるな……やめよう、新たな黒歴史を作りかねない。

『……その、本当に大丈夫なの？　後遺症《こういしょう》とか……』

「それは……まだ絶対とは」

『そう……』

『ちゃんと治ると良いねー』

「まぁ、そうだな」

真面目に心配されてやっぱり照れくさくなってしまう。ひとまず大丈夫って事は伝えたし、これ以上二人の打ち上げを邪魔《じゃま》するわけにはいかない。今は俺の分まで楽しんでほしいという気持ちが強かった。

「ありがとな。今カラオケなんだろ？　楽しいところに水を差してごめんな？」

『え？　ちょっと』

「ずっと俺と喋《しゃべ》ってても仕方ないだろ。芦田、夏川が歌ってる動画送って」

『えー？　さっき誰が撮《と》ってたっけ？』

『えっ？　ちょ、ちょっと！　撮られてたの⁉　待って！』

「くっくっく」

夏川から離《はな》れた芦田が画面の中から居なくなる。夏川の様子を見るに芦田は一足先にカラオケの部屋に戻ったようだ。追いかけられない夏川は引き留めようとして諦《あきら》めると、溜《た》め息《いき》をついてジト目で俺を見た。

『随分《ずいぶん》と余裕あるみたいね』

「ごめんって」

『もうっ……』

歌ってるところを撮られてた事実を再び思い出したのか、夏川は顔を赤くして目を逸らした。そうか、歌ってたのかぁ……生歌聴《き》きたかったなぁ……つくづくこんな怪我をしたのが悔《く》やまれる。

『……学校は、来れるの？』

「余裕《よゆう》余裕《よゆう》。行ける行ける。たぶんな」

『呑気《のんき》なんだから……』

この呆《あき》れた顔を見るのも何度目か。きっと愛莉《あいり》ちゃんに匹敵《ひってき》するか、それ以上だろう。通話開始直後よりだいぶ表情が和《やわ》らいだ気がする。こうしてビデオ通話してようやく安心させる事ができたみたいだ。良かった良かった。

「元気そうだったってみんなにも伝えといて。夏川とか芦田の口から言った方が説得力あるだろ」

『うん──ま、待って……その、渉《わたる》と通話したって……みんなに？』

「よろしく。深刻に思われても嫌だからさ」

『う、うん……そうね。深刻に──あっ、一ノ瀬《いちのせ》さん……』

「うん？　一ノ瀬さん？」

突如《とつじょ》、夏川の口から挙がった珍《めずら》しい名前に思わず訊き返す。元バイト先の先輩として、精神的パパとして、実兄《じっけい》に代わる守護霊《しゅごれい》として気にせずにはいられなかった。一ノ瀬さんもカラオケ歌ってるのかな……うわ、聴きてぇ。

『一ノ瀬さん……打ち上げ来てなくて』

「えっ、そうなの？」

『アルバイトだって……』

一ノ瀬さん大好きフリークな白井《しらい》さんと岡本《おかもと》っちゃんから全力で誘われてたのにな……。でもカラオケみたいに騒がしいところはそもそも好きじゃないだろうし。乗り気じゃないのは想像に難くない。こういうドンチャン騒ぎの場はまだ一ノ瀬さんには早かったか……

うん？　一ノ瀬さん？　何か忘れているような……。

「……あっ」

『？』

「明日の代休、一ノ瀬さんとデートじゃん」

『は、はぁ⁉　デート⁉』

スマホから夏川の驚《おどろ》くような声が聞こえて来る。どうやら夏川は例の話を忘れているらしい。誤解がないよう、弁明するべく説明する。

「いやほら、本棚《ほんだな》買いに行くっていう。芦田も一緒《いっしょ》に行きたいとか言ってたやつ」

『あ……』

本棚、買いに行く、デート、うーん……ちょっとさすがにこの左手の有様じゃ難しいかもしれない。さっきの学校行けるって話も、明日の代休でガッツリ休んだ前提で話してたし。一ノ瀬さんだって一日中俺の痛々しい左手を見せられては気が気じゃないだろう。気を遣《つか》わせる光景が目に浮《う》かぶ……。

『……そっか。だから一ノ瀬さん、あのとき渉を探して………』

「え？」

『ねぇ……渉。一ノ瀬さんにも後で連絡《れんらく》してあげて。大槻《おおつき》先生からあんたのこと説明されて、ちょっと様子がおかしかったから……』

「お、おお……わかった」

『絶対よ？』

一ノ瀬さんか……確かに関わりのある俺が怪我して病院に向かったなんて知ったら必要以上に心配しそうな気がする。明日のデートが難しそうなことも含《ふく》めて、ちゃんと謝《あやま》らないとな……。

『て、ていうか……』

「ん？」

『な、何で……わざわざ〝デート〟って呼ぶのよ。本棚を買いに行くだけで何もないんだから、ただの〝お出かけ〟でしょ？』

「ふぐぅ」

そ、それを言われると……。い、いや、そこそこ親交のある男女がオフの日に私服で一緒に出かけるんだ。これはもうデートで間違いはないはず。断じて〝デート〟って言葉を放つ度に一ノ瀬さんがポッ、と少し照れたような表情をして顔を隠《かく》して可愛いからそう呼んでるわけじゃない。断じて。

『な、何かするつもりだったわけ⁉』

「な、何も言ってないだろ！　男女で遊びに行くんだからそれはもうデートだろ！」

『遊びに行くんじゃないでしょ！　一緒にお買い物するだけじゃない！』

「それはもう〝デート〟で良いだろ！」

『デートってそもそも〝そういう関係〟が前提じゃない！　か、勘違《かんちが》いしてるんじゃないの？』

「な、なんとご無体《むたい》なっ……」

いけませぬ……！　それ以上はいけませぬぞ夏川殿《どの》！　男の純情に現実という名の鋭《するど》い薙刀《なぎなた》を突《つ》き付ける行為《こうい》！　しかも自分がフッた男に言い放つなんてオーバーキルも良いところ。何で俺の告白を断る時よりこっちの方が感情的なんだよっ……。

勝ち目が見えず、心が折れる。夏川の徹底抗戦《てっていこうせん》の姿勢に俺ができることは無かった。

「い、良いし、別に……どうせ怪我して昨日の今日で出かけるなんて出来ねぇし。デートだろうが何だろうが行けねぇし……」

『あっ、ちょ、ちょっと。変な拗《す》ね方しないでよ』

どうもー。健気《けなげ》でひたむきに自立しようとしてる女の子を土下座させた事があるうえ、そんな子と出かける事を〝デート〟なんて呼んじゃってるイタい男でーす。罰《バチ》が当たってこれでーす。左手ジンジン丸でーす。

「芦田にも無くなるって言っといてくれ……デ、お出──荷物持ち」

『そ、そこまで言ってないわよっ……』

「先延ばしにできるかわかんないけど、また今度だな。ついでにその話も一ノ瀬さんとしとくわ」

『え……？　それって、また今度一緒に出かけるってこと？』

「や、こっちの都合で断るんだから埋《う》め合わせはしないとじゃん？　『もういい』って言われりゃそれまでだけどさ」

『そ、そう……』

確か一ノ瀬さんが俺を誘った理由は『一人だと店員と話せないから』だったか……。改めて思い出すと本当にデートっぽくないっていうか……知り合いだったら俺じゃなくても誰でも良いような……ううっ……。

『その……その時は、一ノ瀬さんだけじゃなくて……』

「じゃ、そういうことだから。夏川達《たち》は打ち上げ楽しんでな？　また明後日《あさって》、学校で」

『え、ちょっと。待っ──』

くすん。

夜が明けて、翌日。

一悶着《ひともんちゃく》ずつあった連日のイベントを終えた次の日は気怠《けだる》い目覚めから始まった。怪我による発熱で汗《あせ》だくの朝を迎《むか》え、ただでさえ大変な風呂《ふろ》に一晩ぶりに入ることになった。朝から体力を使い、お袋《ふくろ》が作ってくれた茶碗《ちゃわん》一杯《ぱい》分のお粥《かゆ》を腹に入れて痛み止めと解《げ》熱剤《ねつざい》を呑《の》み込《こ》み、副作用で眠《ねむ》くなってもう一眠りして目覚め、今に至る。

「何だかな……」

ベッドの上、寝《ね》ぼけ眼《まなこ》でぼんやりと呟く。高校に上がってからというもの、梅雨《つゆ》の時期には学校でぶっ倒れ、秋には大怪我《おおけが》と何かと不健康な気がする。おかしい……俺の体は姉貴の理不尽《りふじん》なプロレス技から何度も復活を遂《と》げ、技封《ふう》じまで体得するほどの頑丈《がんじょう》さを誇《ほこ》る再生力抜群《ばつぐん》のハイスペックゾンビだというのに……。

「ん……?」

スマホが震える。起きてから枕元《まくらもと》に置きっぱなしだった。

時刻は既《すで》に昼下がり。立ち上げるとメッセージ通知が二十件近く溜まっていた。昨日はクラスが打ち上げだったし、俺とは関係ないグループの更新もあるだろう。アプリを立ち上げると、俺個人宛《あて》に何人かからメッセージが届いていた。

【聴きたかっただろうから。お大事に】

「おお……」

クラス委員長こと飯星《いいほし》さんからはカラオケでの動画。再生してみると、そこには両手でマイクを握って一生懸命《いっしょうけんめい》に歌っている夏川の姿があった。これだよ、俺はこれを求めていたんだ。これで俺はまた姉貴と戦える……！

【ほら、ありがたく思え】

「こっちも……」

山崎からも同じような動画。今度は夏川だけでなく芦田も映っている。やはり持つべきものは友……！　知り合って一番の仕事をしてくれた。今度何か奢《おご》ってやろう。

「……え？」

そして今度は松田《まつだ》。席が近いだけでほとんど話したことがないフラットな関係だけど、何故《なぜ》か夏川が歌ってる動画を送ってくれていた。先の二人とは違《ちが》う角度からの映像だ。わざわざ友だち登録して個人で送ってくれてるし、気を遣ってくれたのか……良い奴《やつ》だな。

それから安田《やすだ》、岩田《いわた》、尾上《おがみ》、他、何人かの女子からも夏川が歌ってる動画を——ちょっと、貴様ら？　本当に親切心だけで撮ってる？　どことなく動画からお前らの下心が伝わって来るんだけど？　ローアングルはないのか。

どいつも無言で送って来てる感じ、松田と同じく気を遣ってくれてるんだろうけど……何だこの、自分のスマホの画面にベタベタと指紋《しもん》を付けられるような感覚は。

「……！」

ほんのりと殺意を抱きながら他のメッセージの送り主を見ていると、とある名前に目が留まる。その表示名は、一ノ瀬優《ゆう》。クマさん先輩こと一ノ瀬さんの兄貴だ。

【落ち着いたよ。どこかで連絡してくれると助かる】

「……」

どこか必死さを感じさせる言葉。その口調は先輩としてではなく、兄としての言葉のように思えた。妹のことを大切にしている事が伝わって来る。

昨晩、夏川との通話を終えた俺は一ノ瀬さんに心配かけてごめんとメッセージを送った。すると直《す》ぐに一ノ瀬さんから着信がかかって来たものの、ほとんど会話にならなかった。電話の向こう側から聞こえて来たのは、一ノ瀬さんがしゃくり上げながら何かを覚束《おぼつか》なく話す声。正直、まったく聴き取れなかった。

「まさか、泣かれるとは……」

一ノ瀬さんの兄である先輩にメッセージを入れて連絡したところ、フォローに入ってくれた。いわく、一ノ瀬さんは俺の怪我の報《しら》せに大きなショックを受けているということ。予想だにしない事態にただただ恐縮《きようしゆく》する思いだった。夏川に対してアルバイトと言ったのは嘘《うそ》だろう、前に一ノ瀬さんから聞いてたシフトと違ったわけだ。

「……ふぅ」

少しドキドキしながら一ノ瀬さん宛にいま時間はあるか、電話をかけても良いかと尋《たず》ねる。一分後くらいに「はい」と返ってきた。それじゃさっそくと返して、通話ボタンを押す。聴き馴染《なじ》みのあるメロディーが流れると、プッ、と切り替《か》わる音が鳴り、通話が繋《つな》がったのがわかった。

「えと……昨日ぶり、一ノ瀬さん」

『……こ、こんにちは』

「昨日から、落ち着いた？」

『は、はい……』

可能な限り優しく囁《ささや》き掛《か》ける。アルバイトで一緒になったばかりの当初、一ノ瀬さんと初めてコミュニケーションを取り始めた頃にも同じようにしていた。懐《なつ》かしく感じる。返ってきた声はまるでモーニングコールでもしたかのようにもしょもしょとしていた。

「その、ごめんね？　心配かけたみたいで」

『わ、私の方こそっ……何も、声をかけられずに……』

「俺が勝手に怪我《けが》したことだから、気にしないで良いよ」

『……』

「とは、いかないのか……」

電話の向こう側から伝わって来る気まずい雰囲気。本当にアルバイトでようやくコミュニケーションが取れ始めた頃に戻《もど》ったかのようだ。そもそも気安いと言えるほどの仲でもなかったけど、ある程度は遠慮《えんりょ》が無くなっていたはずだった。

遠慮に遠慮をぶつけても、距離《きより》は縮まらない。だから、怯《おび》えられることを覚悟《かくご》で一歩踏《ふ》み込む。

「心配してくれるのはありがたいけど……その——泣くほどだった?」

『……っ……』

少しおどけるように、しかしからかうようなニュアンスを含まないように尋ねてみる。そうやって一ノ瀬さんの真意をうかがう。ここで間違えてはならない。

『……怪我は、だいじょうぶ、ですか?』

「ん、大丈夫《だいじょうぶ》だよ」

急に話が切り替わり、思わず面食《く》らってしまう。少し戸惑《とまど》いながらも大丈夫とだけ返し、強がってみせる。実際は日常生活において苦労してる面もあるけど、俺も男だ。女子に対して弱音《はね》を吐きたくない。

『——たった、これだけの事が……昨日は言えなくて』

「え？」

『ごめんなさい』

頭に疑問符《ぎもんふ》が浮かぶ。別に一ノ瀬さんは何も悪くない。当事者でもない一ノ瀬さんが俺の怪我を気遣《きづか》うかどうかは一ノ瀬さんの自由だ。正直、休み明けに何の気もなしに「おはよう」と挨拶《あいさつ》されたところで何も悪くは思わない。別に俺は、一ノ瀬さんから優しさを受けることと引《ひ》き換《か》えに仲良くしてるわけじゃないんだ。そんなものは友情でも絆《きずな》でもない。

「優しいな、一ノ瀬さんは」

『──ち、ちがっ……！』

「え？」

まさかの否定に驚いて訊き返してしまう。一ノ瀬さんの優しさは本の扱《あつか》い方《かた》を見て知った。ときにはそれが弱さとなってしまうかもしれないけれど、それが無ければ今の一ノ瀬さんにはならなかった。一ノ瀬さんを形づくってきた重要な要素なんだ。今さらその優《やさ》しさが一ノ瀬さんにないというのは納得《なっとく》できないし、無理がある。

『佐城《さじょう》くんが病院に行ったって聞いて、何よりも先にがっかりしたんです。〝明日のお出かけは〟って。きっと、無くなってしまうんだろうなって』

「……」

『そんな、自分のことしか考えられないのが嫌で……佐城くんに連絡しようとしても、かける言葉も、タイミングもわからなくてっ……』

「あの、一ノ瀬さん――」

『お見舞《みま》いに行きたくても、どこの病院かもわからなくてっ……家もわからなくてっ――佐城くんのこと、何も知らなくてっ……！』

「一ノ瀬さん」

『ごめんなさいっ……！　何もできなくてごめんなさい……！』

「……」

悲鳴のように伝わって来たのは、ぐちゃぐちゃになった一ノ瀬さんの感情だった。実際その通りなんだろう。自分の気持ちが定められず、どうしていいか分からず、あまりに自分が無力に思えてしまう。それが自分本意な感情と他者への思いやりとの板ばさみになっているのなら尚更《なおさら》だろう。似たようなもどかしさを、俺も感じたことがある。項垂《うなだ》れることしかできなかったのを思い出す。

ただ、一ノ瀬さんはその感情を言葉にして俺に伝えて来た。素直《すなお》に凄《すご》いと思う。不器用なら自分の気持ちを上手《うま》く言葉にすることができない。一方で、器用なら自分の中で消化しようとしてしまう。とても、難しいことのはずなのに、一ノ瀬さんはそれを俺に伝えてみせたのだ。

「──嬉《うれ》しいけどね、俺は」

『……え……』

「それだけ、今日のデートを楽しみにしてくれてたんでしょ？」

『えっ……!? あっ……！』

これはデートではないと主張する論客《ろんかく》が居た。その一言に込められた攻撃力はあまりにも大きく、心に今の今まで継続《けいぞく》ダメージを与《あた》えられ吐きそうになっていた。けれど、一ノ瀬さんの涙《なみだ》ながらの「デート行きたかった！　うわーん！（※言ってない）」の言葉に俺の心はポッカポカだった。きっとこの左手は明日にはギャグ漫画《まんが》のように治ってることだろう。

「違った？」

『ひゃっ、あっ、ちが、くは──そのっ……！』

「この埋め合わせは、必ずするから」

『あ……』

「だから──今日は、ごめんな。ちょっとだけ休ませて」

『は、はぃぃ……』

事実上、デートをドタキャンしたのは俺だというのに。こんな優しい女の子が居て良いものだろうか。あれ……もしかして一ノ瀬さんって、仕事上の関係じゃなければかなり良い子なのでは……。

「また明日、学校で」

『は、はい……また』

「それじゃあね」

そう言って、少し間を空けてから通話を切った。

気分は晴れやか。まだ落ち着かない様子の一ノ瀬さんには悪いけど、左手の痛みを忘れるくらい穏《おだ》やかな気持ちになった。単なる薬の副作用だったりしてな。今なら良い夢が見られそうだし、早く治すためにもう一眠《ひとねむ》――り？

「……」

「……こんにちは」

「……あ、えっと、どうも」

視界の端《はし》に映ったありえない姿。俺の部屋に現れるはずがない女の子。

手に持っていたスマホが紺色《こんいろ》のスウェットの腿《もも》のあたりに滑り落ち、その衝撃《しょうげき》でようやく喉《のど》が動いた。しかし次の言葉を紡《つむ》ぐ間もなく、部屋の入口から中に足を踏み入れた論客

——夏川は、無表情のまま右手に提《さ》げたエコバッグのようなものをベッド横のナイトテーブルの上に置いた。

「夏川、なんで……」

「……これ、お見舞い」

「あ、サンキュ……そんな、良かったのに」

夏川がバッグの中から取り出したラインナップはよくありがちなプリンにポカリ、パックの野菜ジュース、おにぎりなど——おにぎり⁉ ラップに包まれてるけど⁉ 夏川さんの手作りですか⁉

「あの、これ……」

夢か現《うつつ》か、論客とも思えない女神《めがみ》っぷりにおにぎりと夏川の間で視線を交互《こうご》に彷徨《さまよ》わせてしまう。誰《だれ》が握《にぎ》ったものか確認《かくにん》しようとしていると、俺の左手にそっと熱が伝わる。

「これが……」

「あ……な、夏川」

持ち上げず、そのまま俺の左手を両方の手で包み込んだ夏川は、上向きになって赤色が染《し》みている掌《てのひら》を痛々しそうな表情で見つめた。普通《ふつう》ではない処置が施《ほどこ》されているから、その仰々《ぎょうぎょう》しさは他者から見て目も当てられない程《ほど》であることは言うまでもない。夏川の視線だけで俺の皮膚《ひふ》の再生がチリチリと加速した気がした。

「……痛い？」

「まぁ……痛み止めがあっても、まだ少し」

「……ドジなんだから」

「な。ほんとに。馬鹿だよな……」

　論客とか言ってごめんなさい。貴女《あなた》は女神です。これからも一生推《お》していきます。そうだ、部屋に神棚《かみだな》を飾《かざ》ろう。このおにぎりを御神体《ごしんたい》として毎日祈《いの》りを捧《ささ》げ、我《わ》が神通力をもって夏川が永遠に星座占《うらな》いで一位を取ることを実現させようではないか。さぁ喜ぶがいい、全国の十月生まれ。

「——ごめんなさい」

「え……」

「お大事に」

「あっ、夏川」

　空になったバッグを手に、速《すみ》やかに部屋から出て行く夏川。引き留める間もなく階段を降りて行く足音がする。急展開すぎて追いかける暇《ひま》もなかった。

「……〝ごめんなさい〟？」

デートという呼び方を否定したことだろうか。その割には……あまりに儚《はかな》い表情と声色《こわいろ》だった。夏川を苦しませるに足りうると思えない。だとしたら、いったい何に対して謝罪を口にしたのだろう。

『——ごめんなさい。今……恋愛《れんあい》とか、興味無いから』

「……またか」

その言葉を聞いたのは、何度目だろうか。

夏川に苦しそうな顔をさせたのは何度目だろうか。

揺《ゆ》れて、変わって、移ろう心。一つ分かれば、また一つ謎《なぞ》は深まる。誰かのために怪我ひとつ負ったところで、秋の空を見通すのには何の役にも立たなかった。

9章 ♥ 鬼束玉緒

代休を終えた翌日。また学校での普通の日常が始まる。一日もあれば左手が使えない不便さにも慣れるもので、本気を出せば割と利き手《きて》のみで何でも出来ることに気付いた。あとは無意識に左手を使ってしまわないことを用心するのみだ。

お袋に車で送ってもらい、校門から少し手前の道で下ろしてもらう。怪我のおかげでラクが出来たと思ってしまうあたり、夏川《なつかわ》が言う通り楽観的すぎるのかもしれない。のっそりと軽ワゴン車から出ると、近くを歩いていた鴻越生《こうえつ》がザワッとなった。そう、実は俺は学校の有名人——なわけがなく。

「姉貴……目立つんだけど」

「好きでこうなってるんじゃないっつの」

第四十九代、鴻越高校生徒会副会長様の登場である。

考えてもみてほしい、危険が無いはずのただの歩道で、腑抜《ふぬ》けた手負いの小男の後ろから突如として猛獣《もうじゅう》が姿を現し放たれるのだ。平和な国に住む日本人からすれば堪《たま》ったものではないだろう。俺《おれ》なら腰《こし》が抜《ぬ》けるね。

口を三角にして行く先を睨《ね》めつける姿はさながら桃太郎《ももたろう》に復讐《ふくしゅう》を誓《ちか》う鬼《おに》のようだ。本来なら歩いて登校するところを車で送られて手間が省けたというのに、この濁《にご》りきった眼差《まなざ》しである。すれ違っただけで生命を吸われそう。もはや何のためにその顔にメイクを施しているのかわからない。

「ほら、行くよ」

「……」

男からの畏怖《いふ》の視線。そして女子からのキャッ、という黄色い鳴き声を無視して先を行く姉貴。鬱陶《うっとう》しそうにしている割に道のど真ん中を突っ切って行くのはどうしてなんだろうか。端に寄れよ、神社への参拝だったら邪道《じゃどう》だぞ。風を切って歩くな、鎌鼬《かまいたち》のような余波が俺の顔に当たる。

「……やって行けそう？」

「まぁ、大丈夫だろ」

「適当に言うとこじゃないんだけど？」

「ホントだって。大丈夫だから」

立ち止まって後ろを振《ふ》り返り、睨《にら》みつけてくる姉貴。心配しているのか怒っているのかよくわからない。そもそも一日が始まったばかりなのだから、やって行けるかどうかなんて未知数なのだ。

姉貴は相変わらず不機嫌《ふきげん》なのかと思いきや、今度は辛気臭《しんきくさ》い顔に変わった。

「……悪かったね」

「は？」

「アタシが、変なこと頼んだから」

「良いってもう、その件は。何度目だよ」

「……そ」

俺と姉貴はいま微妙《びみょう》な関係だった。

基本的に俺と姉貴は考え方が合わない。姉貴はそれを認めておらず、病院の帰りの一件がさらにその姿勢に拍車《はくしゃ》をかけたのだが、一方で、自分達に端を発した頼みにより俺が姉貴の代わりに怪我を負ったと考えているらしい。

怒りと反抗《はんこう》と、後悔《こうかい》と反省と。姉貴はそれらの感情の狭間《はざま》で揺れ動いているらしい。

「痛み止めと替えの包帯は？」

「ちゃんと持って来たよ」

前を向いたまま確認してくる姉貴に素直に答える。どうやら自分の怪我を自己管理もできない愚鈍《ぐどん》な奴だと思われているらしい。何を小癪《こしやく》なと思うものの、冷静に考えたら自分で自分の手に裁《た》ちバサミを突き刺《さ》した俺がどうこう言える立場じゃなかった。

「次の体育祭資料と生徒会選挙の要綱案《ようこうあん》は？」

「もちろんねぇよ」

「冗談《じょうだん》よ」

視線を合わさず何言ってんだこの女《アマ》……さも当たり前のように訊《き》いてきたから冗談に聞こえなかったんだけど。それすら嘘で、まさか生徒会引退するまでパシらせる気満々なんじゃねぇだろうな……。

「何でこんな校門まで歩くわけ」

「敷地《しきち》が広いからじゃね？　無駄《むだ》に」

「「……ハァ」」

珍しく血の繋がりを感じる溜め息が重なった。俺はともかく、完全健康状態の姉貴まで溜め息とはこれ如何《いか》に。常に生理中みたいな顔してんなこの女。

心の中で悪態を吐《つ》きまくっていると、そんな俺達《おれたち》の横から威《い》風堂々《ふうどうどう》とした影《かげ》がスタスタと近付いて来た。腕《うで》には『風紀』の二文字の金刺繍《ししゅう》が施された腕章《わんしょう》が付けられていた。

「――おい、そこの陰気《いんき》姉弟《してい》」

空気にカッターナイフを通すような真っ直《まっす》ぐで勇ましい声が投げかけられる。見ると、校門の近くで仁王《におう》立ちした四ノ宮先輩《しのみやせんぱい》が咎《とが》めるような視線でこっちを見ていた。

「仲良く一緒に登校していると思えば何を朝から溜め息を吐いている。見てるこっちまで活力を奪《うば》われるだろうが」

「凛《りん》じゃん。教室までおぶって」

「風紀委員長とは思えない暴言っすね四ノ宮先輩。今なら姉貴を引き取ってくれたら聞かなかったことにしますぜ」

「な、何だ……この面倒《めんどう》くささは……」

鬱憤《うっぷん》の溜まった状況《じょうきょう》において四ノ宮先輩のような実直で真面目な存在は絶好の掃き溜めだった。どうか俺の思いの丈《たけ》を受け取って欲《ほ》しい、いま俺に必要なのはヤレヤレ系の頼《たよ》れるお姉さんなんだ。決してオラオラ系のお姉さんじゃない。

「まったく……生徒会副会長ともあろうものが何というザマだ。文化祭が終わって気が抜けたんじゃないのか？」

「そうだぞ生徒会副会長。濁った目で周囲を威圧《いあつ》するようなオーラを放つんじゃない。自分の仕事は自分でやれ」

「アンタね……」

「おいこら、私を盾《たて》にするな」

「ひぃ」

常人ならば肉壁《にくかべ》と言えようが、四ノ宮先輩ならば文字通り鉄壁《てっぺき》となって俺を守ってくれよう。今なら姉貴に勝てる——と思ったのも束《つか》の間《ま》、四ノ宮先輩からネクタイを掴《つか》まれ目の前に引っ張り出された。武闘派《ぶとうは》二人に睨まれ縮こまることしかできなかった。

「はぁ……だって、文化祭が終わって、次の体育祭の担当はそっちでしょ。アタシたちはちゃちゃっと目を通してサインしてお役御免《ごめん》よ」

「それはそうだが……そういう話ではない。生徒の規範《きはん》としてだな……——ん？」

防衛反応のため両手で頭を守っていると、左の手首を掴まれそっと持ち上げられる。手の甲《こう》から内側へと視線を移していくと、目の色を変えてこっちを見て来た。

「お、大怪我じゃないか！　一体なんでこんな事に！」

「え、えっと……？」

慌《あわ》てる様子から察するに四ノ宮先輩は俺の怪我について何も知らないのだろう。姉貴に視線を寄越《よこ》すと腕を組んで無言で首を横に振られた。どうやら四ノ宮先輩には何も話していないようだった。

「あー……これはですね——っと」

「アタシが説明しとくから。アンタはさっさと行きな」

「お、おう……」

事情を話そうとしたところで、姉貴が俺の肩《かた》を掴んで後ろに押《お》し込んだ。強い力はそのまま俺を校門から敷地の中へと進ませる。有無《うむ》を言わせない意図が感じられた。どういうことだ、という四ノ宮先輩の強い目が真っ直ぐ姉貴に向けられていた。

「……んじゃま、お先に失礼します」

個体値高めの二人の対峙《たいじ》。厄介《やっかい》事は関わらないに限る。バチくそ当事者だけど、あたかも部外者であるかのようにさっさと去ることにした。姉貴が四ノ宮先輩に真実を伝えるのか、それとも誤魔化《ごまか》すのか読めないしな。

目を閉ざして会釈《えしゃく》。体を昇降口《しょうこうぐち》に向けるまで、四ノ宮先輩の顔を見ないようにした。

◆

教室に入って黒板の上を見ると、時計の針はいつもの登校時間と同じ位置を示していた。

車での送迎を良いことにいつもより遅《おそ》く家を出たから偶然《ぐうぜん》にも帳尻《ちょうじり》が合ったのだろう。

「……？」

気のせいだろうか、ある程度の生徒が揃《そろ》っているというのに心なしか教室内の雰囲気《ふんいき》がいつもより少し重い。まさか……俺の怪我が原因？　いやいや、さすがに大袈裟《おおげさ》だろ。そこまで中心的存在じゃないぞ俺。

「おい……おい、山崎《やまざき》」

「お、佐城《さじょう》！　怪我したらしいじゃん。普通に登校してやんの」

「別に良いだろそれは」

後ろのロッカーにもたれかかって数人と屯《たむろ》してた山崎に話しかける。こいつも空気を読んで少し抑《おさ》えめの声で喋《しゃべ》っていた。さすが俺と同じ高校デビュー勢、空気を読める男だ。顔色を窺《うかが》って振る舞《ま》っていたあの頃《ころ》を忘れていない。女子ともその感じで接しろ。

「なに、何で教室の中ちょっと大人しめなの」

「あー……えっとな……？　席に着いてる女子、見てみ？」

「うん……？」

確かに……言われてみれば大人しく座《すわ》っている女子が少し多い気がする。いや、よく見たら違和感《いわかん》のある女子が何人か居るな。席に着いたまま微動《びどう》だにしていない後ろ姿が。白井《しらい》さん、岡本《おかもと》っちゃん……あっ。

「……気付いたか？」

「さ、佐々木《ささき》は……？」

「斎藤《さいとう》さんと一緒に登校してきて、さっさと二人でどっかに行ったよ」

「う、うわ……」

「クラスの癒《いや》し系《けい》が落ち込む影響力《えいきょうりょく》ってデカいんだな……」

「佐々木の野郎《やろう》……」

妬《ねた》ましげに言い捨てる岩田《いわた》と山崎の言葉を聞いて思わず引いた声が出る。そうだった……佐々木の事を好いていた女子は妹の有希《ゆき》ちゃんと斎藤さんだけじゃないんだった……。

あいつの影響力の事を忘れていたなと反省しつつ教室内を見ていると、近くの席に座っていた一ノ瀬《いちのせ》さんが後ろを振り返り、俺と目が合った。口の動きから「あっ」と言ったのがわかった。少し慌てた様子で立ち上がると、恐《おそ》る恐るといった様子でこちらに近づいて来た。

「──あ、あのっ……」

「一ノ瀬さん。おはよ」

「お、おはようございますっ……」

「心配かけてごめんな？」

「あぁっ……！」

包帯で巻かれた左手をフリフリ。一ノ瀬さんはギョッとした顔になって青ざめ、手をわたわたさせながら俺の動きを止めて来た。刺激《しげき》の強さも相まったか、どうやら俺が怪我した手を雑に扱っているように見えたみたいだ。

「だ、だめっ……！」

「悪かったって」

俺の袖《そで》をギュッと掴んだ一ノ瀬さん。力の強さからその本気度が窺える。露《あら》わになっている大きくて丸い垂れ目の瞳《ひとみ》が揺れている。何とも心苦しいな。影響力……影響力か……佐々木と同じようなものなんだろうな、これも。

「うひー、こうして見ると痛そうだな」

「厨二病《ちゅうにびょう》みてぇだな」

「おい、やめろよ。気にしてるんだから」

「けっけっけ」

この野郎、何てことを言いやがる。実は痛みよりもこういうイジりの方が嫌《いや》だったりするんだぞ。お前らが怪我して包帯グルグル巻きになったら同じ言葉でイジってやるからな。覚悟しておけ。

「……佐城くんが、心配じゃないんですか？」

いっそのこと開き直って痛い奴ムーブしてやろうかと思っていると、珍《めずら》しく一ノ瀬さんが二人に向かって一言。他人事のような山崎と岩田の態度にプンプン丸だ。そうだ！　もっと言ってやれ！

「え？　だって──」

「死なねぇんだろ？」

「えっ」

まぁ、男はこんなもんだよな。

◆

自分の席に向かうと後ろの席の夏川はまだ来ていなかった。その代わりか、芦田《あしだ》がそこに座って珍しい人物と話していた。

「よっす、珍しい組み合わせじゃん」

「あっ、さじょっち。おっは──って」

「……大丈夫？」

芦田の横に立っていたのはクラス委員長の飯星《いいほし》さん。隠《かく》れ陽《よう》キャみたいな存在で、好き嫌《きら》いがはっきりしている。クラスのメッセージグループを作った張本人で、嫌いな女子を普通にハブったりするからちょっと怖《こわ》い。文化祭の打ち上げの話を水面下で調整したのも飯星さんだ。

「まぁ、大丈夫。こうして普通に学校に来てるわけだし」

「そっか……さじょっちがそーゆーなら」

「気を付けてね、佐城くん」

「うっす。心に焼き付けます」

「ならよし」

「なにその上下関係」

どうやら既に格付けは済んでいたらしい。無意識のうちに欧米《おうべい》の国歌斉唱《せいしょう》ポーズをとっていた。おかしい、飯星さんに勝てる未来が見えない。仮に闘《たたか》う展開になったとして、その瞬間《しゅんかん》に奥《おく》の壁から「やぁ」と濃紺《のうこん》の服のお兄さんが顔を出して来る未来が見えるぜ。

飯星さんは頷《うなず》くと、自分の席へと戻って行った。

見送ったところで自分の机の上に荷物を置く。文化祭が終わって一発目の登校だから置き勉できなかったしな……あー重かった。

「飯星さんとなに話してたんだ？」

「んー？　何ていうか、原因の確認？」

「原因？」

「ん」

「……ああ」

芦田が顎《あご》でしゃくった先——俺の前の席の岡本っちゃん。自分の席にじっと座り、机の上をただ見つめている。なるほど、女子は女子で気になってるみたいだな。飯星さんはこれをどうにかしようとしている、と。

「……ま、避《さ》けられない道だろ。時間かけて切り替えるしかない」

「おっ、経験者は違うねぇ」

「切り替えられてないけどな……」

「ずるずるだねぇ」

「うるせぇよ」

あまり俺を舐《な》めるなよ、既に市内一周分は心を引き回した。

距離を置いたままで居ればもっと違ったんだろうけどな……いかんせん夏川との距離が近すぎて忘れる余裕《よゆう》なんてありゃしない。恋心《こいごころ》ギンギンの状態で夏川のお仲間ムーブをかましてるからな。ボディータッチなんてされてみろ、俺の心の尻尾《しっぽ》は船が進むくらいスクリューを始める。

「夏川はまだ来てないんだな。珍しい」

「そーなんだよー。はぁ、一日会ってないから早く愛《あい》ちを補給しないと」

「ほう、ご相伴《しょうばん》にあずかろうじゃないか」

そういうと、芦田は俺にじっとりとした視線を寄越す。こいつッ……まさか夏川を一人《ひとり》占《じ》めするつもりか！

「どうせさじょっちは昨日愛ちと会ってるでしょ！」

「え、〝どうせ〟ってなに？　どういうイメージ？　まだそんなこっそり夏川を付け回すイメージなの？」

まだっていうか、前もそんなこっそり付け回したりはしなかったけど。あくまで正々堂々、文字通り堂々と付き纏《まと》ってたけどな。マジで傍迷惑《はためいわく》な奴だった。姉の顔が見てみたい。きっとヤバいんだろうな。

「――あ、噂《うわさ》をすればっ……！」

芦田が嬉々《きき》とした目で立ち上がる。つられて目を向けると夏川が教室に入って来るところだった。逃《に》げるんだ夏川。吸われるぞ。

「愛ち、おはよ！　いつもと時間ちがうね！」

「キャッ⁉　ちょっと……」

シャッ、と立ち上がった芦田は夏川に肉薄《にくはく》。俺に匹敵《ひってき》するレベルの幻術《げんじゅつ》でゴールデンレトリバーのような尻尾を生やし、夏川の腕に抱《だ》きついてこれでもかと振り回す。スカートへの干渉《かんしょう》がなく不自然だ、パンツが見えないから不合格。

「おはよ、夏川」

「あ……えっと、おはよう」

声をかけると、俺を見た夏川からどこかぎこちない返事が来る。この雰囲気は……白井さんや岡本っちゃんと同じ？　まさか……！　夏川も佐々木のことで落ち込《こ》んでるってこと⁉　そんな、そんな……そんなわけないわな。夏川、佐々木を前に斎藤さんみたいなウットリした顔しないし。俺にもしないし。見たことないし。

最悪の結末を一瞬《いっしゅん》だけ想像してドキドキしていると、夏川は恐る恐るといった様子で俺に話しかけて来た。

「その……いつもより家、早く出たの……？」

「うん？　いや、今日は車だったんだよ。だからいつもより遅かったかな」

「あっ……そう、そうよね。その怪我だし、そうよね……」

「……？」

何とも歯切れの悪い様子の夏川。小さく溜《た》め息《いき》も吐《つ》いたような。俺と話すことで余計に肩を落としたようで何だかショックだ。え、俺のせいじゃないよな……？　何か嫌なことでもあったんだろうか。

「……手は、大丈夫？」

「大丈夫。無理に動かさないようにするし」

「うん……その方が良いと思う」

「愛ちはー？　何かちょっと元気ないように見えるけど」

「え？　そ、そんなことないわよ」

「ふーん……？」

「な、なに……？」

芦田は夏川に抱き着いたまま訝《いぶか》しげに夏川の横顔を見つめる。近い近い、そんな距離で夏川が横を向いてみろ、触《ふ》れ合うぞ、触れ合っちゃうぞ。目の前でそんな事されたら俺の脳が焼かれ——ない？　むしろ燃えるのでは？　行けっ……！　行けぇー！

「まぁ、今回は仕方ないんじゃない？」

「な、何がよっ……」

「何でもー？」

「圭《けい》っ……！」

「？」

……？　何だ、この芦田だけ夏川と通じ合ってる感じ……全然分からないんだけど。俺が理解できなくて、芦田だけ察することのできる内容……？　いったい俺と芦田の間にどんな違《ちが》いがあると——ハッ……⁉

こ、この件は芦田に任せよう！　意中の人が悩《なや》んでるからって何でもかんでも探《さぐ》るような真似《まね》はしない方が良いよな。男が無闇《むやみ》に立ち入っちゃいけない領域ってあると思うし、うん。夏川の機嫌《きげん》が直るまでそっとしておこう。

「よろしくな、芦田。俺はデリカシーだけはあるんだ」

「や、絶対何か勘違《かんちが》いしてるじゃん。しかもキモいこと考えてそう」

「言葉に気を付けよう。俺は怪我人《けがにん》だぞ？　優しくして」

怪我によるハンディキャップを武器に……ふむ、これは使えるな。芦田みたいに言葉の殴《なぐ》り合いでコミュニケーションを取ってくるやつはこうやって黙《だま》らせよう。実際、メンタルが落ち込むと痛みが増す気がするし。そう、これは怪我の功名を高めるための、たった一つの冴《さ》えたやり方。

「——そうだよ〜、怪我人には優しくしないと、ね？」

「⁉」

「⁉」

椅子《いす》を横向きに座っている、そんな俺の頭を突如《とつじょ》としてを包む柔《やわ》らかい感触《かんしょく》。香水《こうすい》なのか、柑橘系《かんきつけい》のツンとした甘酸《あまず》っぱい香りが俺の嗅覚《きゅうかく》を満たす。幼い頃、親戚《しんせき》の集まりで酒の匂《にお》いで満たされた部屋の中、クラクラした時の感覚を思い出す。こ、この香りは……。

「あ、あなたはっ……」

「さじょっちが病院に運ばれたときの……」

二人の視線の向きと反応を見て、俺はいま誰かに横から抱き竦《すく》められているのだと自覚する。チラリと左下を見ると、女子生徒のものと思われる短いスカートと、そこから伸《の》びる惚《ほ》れ惚《ぼ》れするような脚《あし》があった。何だ、ここは天国か？

「——お、鬼束先輩《おにつかせんぱい》、ですか？」

「ピンポーン！　せいかーい！　何でわかったの～？」

「声と、この……香水の香りで」

予想通り、俺に抱き着いたのは保健室で初めて出会ったギャル上がりの先輩こと鬼束先輩だった。確か、病院の帰《かえ》り際《ぎわ》に姉貴が『玉緒《たまお》』って呼んでたな……前にも聞いたことがあるような気が……。

「良い匂いでしょ～」

「んっ……ちょっ」

ふわりと抱かれる力が強くなり、俺の頭はさらに先輩のお腹《なか》に押し付けられる。どうやらこの先輩は二つ下の男子を異性として見ていないらしい。あるいは女子に触れて照れる俺の反応でも見ようとしているのか。にしても距離感《きょり》がバグってる……やっぱり元ギャルだからか？

「うん、うん──やっぱり」

「ちょ、ちょっとっ……！　何やってるんですか！」

「優しくしてるんだよ～？　楓《かえで》の可愛《かわい》い～い弟クンに」

「お、お姉さんと……？」

「楓とウチは大親友だよ～」

抱きながら、鬼束先輩は両手で俺を制服越《ご》しに触《さわ》る。芦田がよく夏川に抱き着いてやっているのと同じ。俗《ぞく》にいう〝ハスハスする〟というやつだ。な、なるほど……される側はこんな気持ちだったのか……夏川が嫌がる素振《そぶ》りをしながらも顔を赤らめて振りほどこうとしない理由がよく分かる。

もうっ……やめてよ！（もっと）

「あんたもっ……！　いつまでされてるのよ……！」

「ハッ……あああの、もう、良いですから」

「さじょっちのエッチ、スケベ」

「うぐっ……！」

しまったッ……！　欲望に忠実すぎた……！

自分から抱き着いていないとはいえ目の前に夏川や芦田が居る状況、もっと言えばすぐ前の席にはたぶん失恋《しつれん》して落ち込んでいる岡本っちゃん、さらにもっと言えばみんなが居る教室内で公然と異性とガチ恋距離《こいきょり》してるとかヤバ過ぎる……！　ここは一刻も早く距離を取らねば！

「──え、やだ」

仕方ねぇッ……そこまで言うなら仕方な──え、何で？

頬《ほお》にさらに強く先輩の体温が伝わる。

〝同級生の弟〟というステータスが性別の壁を越えてある程度の警戒心《けいかいしん》を無くしてくれる事は四ノ宮先輩で学んでいる。だから大した親交がなくても出会《であ》い頭《がしら》にからかって来る程度には気安く話しかけてくれるんだろうなとは思っていたけども……異性として見られていないにしてもこれはちょっと行き過ぎじゃない？

それこそ本当に俺のことが好きというなら納得《なっとく》できるというもの。だけど生憎《あいにく》と俺は先輩と出会って過ごした時間のほとんどが鉄臭《くさ》い。痛みで歪《ゆが》んだ表情しか見せてないのに惚れられるタイミングがあったとは思えない。ていうかこれで好きになられたら趣味《しゅみ》ヤバそう。実は姉貴を恨《うら》んでてハニートラップを仕掛《しか》けてきたんじゃないだろうな……。

「な、なんでっ……！」

「え～？　何となく」

「なっ……!?　……ッ……！」

柔らかい感触、温かな体温。軽蔑《けいべつ》するような白い目と、俺を睨み刺す美少女の鋭《するど》い視線。何だ何だと向けられる数多《あまた》の目と、遠くから男たちの敵意。おっ、何だ地獄《じごく》か？

「あの……ちょっと、マジで」

「あ！　ちょっと強引《ごういん》だったかな？　ごめんね～？」

「や、まぁ……良いんですけど」

さすがにヤバい状況な気がして、真面目に離《はな》れてほしいと訴《うった》える。本人からの頼《たの》み事《ごと》はさすがに素直《すなお》に言う事を聞いてくれるのか、大人しく離れてくれた。

鬼束先輩は一歩下がるも、俺を包み込んでいた柑橘系の香りはまだ周囲を漂《ただよ》い続けている。手で扇《あお》いで払《はら》いたいところだけど、さすがに本人の目の前でする勇気はなかった。

「その……鬼束先輩？」

「玉緒でいいよ～。リピートアフタミー、『た・ま・お』先輩っ」

「いやちょっと、それは……急すぎるというか。その、いいです？」

「うん、なぁに？」

「や、落ち着いてくれます？」

目の前に立つ鬼束先輩。離れたばかりなのに、今にもまた俺に抱き着きそうなくらい前のめりになって訊き返して来る。それこそさっき芦田が夏川を見つけた時みたいにブンブンと荒ぶる尻尾が幻視できた。飛びかかり気味の両手が怖い。いったい俺の何が先輩を興奮させているのか……。

「ちょっと、距離感がですね……普通じゃないというか」

「そ、そうですっ！」

「大胆《だいたん》どころじゃないです……」

「……？　だって、楓の弟クンでしょ？」

ボディータッチ多めの芦田ですら引くレベル。それなのに鬼束先輩は自分がどれほどの事をしたのかまだ分かっていないようだった。親友の弟だからって「抱き着きたい！　触りたい！」とはならんでしょうに。ペットならまだしも……や、確かに文化祭の時は一時期シェパードだったけど。

「確かにそうですけど……俺も男なわけでして」

「知ってるよ？」

本当に理解しているのか判断に迷う。ギャルは無限の可能性を秘《ひ》めているからな。どんな思考プロセスで答えを導き出すのか全く読めない。何となくとか言ってたけど単に可愛がってくれたとも思えない。何か目的があるような気がする。

「――だから、惚れさせにきたんじゃん」

「何でだよ」

思わずタメ口が出てしまった。

いや怖っ。バッチリ落としに来てるんですけど。超打算的《ちょうださんてき》な抱擁《ほうよう》だったじゃん。めっちゃ自分のカラダ使ってきたじゃん。女の武器百パーセントで来たじゃん。ハニートラップじゃん。

わざとなのか無意識なのか、答えを出すまでの途中《とちゅう》式がごっそりと抜け落ちている気がする。俺が姉貴の弟で偶然にも異性だったから惚れさせるってどういうことだよ。三段論法の真ん中どこいった？　ホップステップの『ステップ』は？　むしろスキップしてるじゃん。スキップ論法じゃん。

「で、惚れた？　惚れた？」

「惚れ（そうになったけど惚れ）てないです」

「んー惜《お》しいっ！　惜しいトコまで行った気がする！」

「あぶ――そんなことないっす。全然」

「ちょっとさじょっち」

「単純……」

あの蠱惑《こわく》的な抱擁に打算があることはわかった。目的は俺を惚れさせることらしい。

ふん、この人は俺を甘《あま》く見ている。あと少しで女郎蜘蛛《じょろうぐも》の巣に引っ掛《か》かるところだったぜ。いやまぁ、何ならその前に女郎蜘蛛本体に捕《つか》まってた気がするけど。身体中《からだじゅう》に柑橘系の匂い染《し》み付いている気がするのは名誉《めいよ》の負傷のようなものだろう……マーキングじゃないよな、これ。

「俺を惚れさせてどうするんすか」

「え？　まず付き合うでしょ～」

「えっ」

「えっ？」

さんざん利用して金を搾《しぼ》り取ってこっ酷《ぴど》く捨てるんじゃなくて？　一回ちゃんと付き合

っちゃうの？　ていうか先輩はそれで良いのか？　姉貴みたいに触れたら火傷《やけど》しそうな危なさも無いし、佐々木のような性格も程《ほど》良いイケメンでもないんだぞ。

「そ、それで？」

「イチャイチャするでしょ～？　はい、幸せ！」

「……」

「わ　た　る」

「ハッ……!?」

危ねぇッ……！　俺を惚れさせる理由がシンプルでかつ理想的すぎて好きになるところだった……！　騙《だま》されちゃいけない！　きっと先輩は何か本当の理由を隠しているはずだ。こうなったら禁断のアレを訊くか……訊いちゃうか？　だってこれもはや勘違いとかそういう次元の話じゃないし。

「先輩は──お、俺の事が好きなんですか？」

「？　ううん」

「んだよっ……！　なんっなんだよっ……もうっ……！」

「さ、さじょっち……」

右拳《こぶし》が俺の膝《ひざ》を痛めつける。もう少しで左も繰《く》り出されるところだった。痛いだけじゃ済まされないだろう。やだ俺っち、顔あっつい。

これで確定した。この姉貴の親友とやらは年下の男をからかって愉悦《ゆえつ》に浸《ひた》る悪いギャルなんだ。男を落とすためなら手段を選ばず手っ取り早く女の武器を使うし、きっとオタクの事は薄汚《うすぎたな》いゴキブリか何かだと思ってるんだろう。はい解散。

「……んで？　じゃあ俺を惚れさせる理由は？」

「え～、親愛度が足りないかな」

「……──」

「渉《わたる》が、真っ白に……」

……そうか。これが「女に振り回される」ってやつか。また一つ大人になった気がする。

こうして人は成長していくんだな。ああ……今だけは異性から離れて男だけで集まってスマブラしたくなってきた。

「あはは～、やっぱりこんなちょっとの時間じゃ厳しいよね。就活大変だし、彼氏《かれし》になってもらって癒されようと思ったんだけど」

鬼束先輩の言葉に驚《おどろ》いたのも束の間、夏川が弾《はじ》かれたように腰《こし》を上げた。

「そ、そんな理由でっ……！　好き、でもないのに……」

「好きかどうかは関係ないよ。別に結婚《けっこん》するわけじゃないし～。お互《たが》いが納得して楽しい

「そ、それは……」

　この恋愛《れんあい》の敷居《しきい》が低い感じ……紛《まが》うことなき〝陽キャ〟というやつなんだろうな。しかも『ギャル×陽キャ』の究極完全体。まさかこんなパリピが姉貴の親友に居たとは思わなかった。四ノ宮先輩しか友達居ないと思ってたわ。

　食《く》らいついた夏川は鬼束先輩の言葉に何も言い返せないようだった。清廉潔白《せいれんけっぱく》な夏川のことだ、男女はお互いゆっくりと仲を深めて、長い時間をかけて両想《りょうおも》いになって、それからどちらかが告白して付き合うみたいな恋愛のカタチを想像しているのだろう。別にそれは間違《まちが》っていない。ただ現実的じゃないだけだ。

　――でも、夏川がそうだからこそ、俺は。

「まぁ、自由っすよね。そういうのは」

「あっ！　弟クンもそう思う？」

「だから、この子はこれで良いんすよ。〝恋愛感情を持っていないなら、付き合うべきじゃない〟。同じ価値観の人を探して、仲を深めて、自分達だけの付き合い方をすれば良いんです。お互いが納得して幸せならそれで良いと思うんですよね」

「あ……」

「わぁっ、カッコいい」

きゅぴんっ、じゃないんだけど。ぇぇ……まったく響《ひび》かないじゃん。強すぎるんだけど。

何だこの究極完全体、就活中とか言ってたけどこんな人を社会に出して良いのだろうか
……？　テンションだけで昇進《しょうしん》して行きそうで怖いんだけど。

たぶん、鬼束先輩が語った恋愛論《れんあいろん》は適当なこじつけなんだろうな。そもそも陽キャは恋愛の在り方とか細かいこと考えてなさそうだし。二択《たく》を迫《せま》られても時と状況に応じてあっちへフラフラ、こっちへフラフラな感じだろう。まぁ、良いんじゃないだろうか。それで幸せなら。

「あはは、そっかそっか～……そうなんだ」

「？」

「歳《とし》が近いだけじゃなくて、思ったよりも大人なんだね——弟クンは」

「惚れそうですか？」

「うん」

「えっ」

うっそ、マジで？　やっべ、テンション上がってきた。どうしよ。

……なんてな。どうせその返事も反射的に適当に返しただけだろう。この期に及《およ》んで騙

されるわけがない。この人は有希ちゃんに次ぐ要注意人物だ。俺がこの人に惚れるなんて事には絶対にならないだろう。何年一人を想《おも》い続けてると思ってんだバーロー。

「――今日はここまでかな～」

「……！」

鬼束先輩から引き下がる雰囲気が醸《かも》し出される。この機会を逃《のが》すわけにはいかない。いい加減周りの空気もヤバいことになっているのでさっさとお帰りいただこう。

「時間も時間ですしね。今ごろ姉貴が探してるんじゃないですか」

「楓には内緒《ないしょ》にしてね」

「俺、口が軽いんで」

さすがにこの一件を姉貴に話さないわけにはいかない。具体的にどういう仲なのか全然知らないけど、本当ならしっかりと手綱《たづな》を握《にぎ》ってもらわねば。

「じゃあ～、これ賄賂《わいろ》ね――」

「うん？　え――」

「あ……！」

遮《さえぎ》られる視界の左半分。慌てて閉じた目蓋《まぶた》に触れる、柔らかい感触。

目を開けると、鬼束先輩の唇《くちびる》が俺の視界から遠ざかっているところだった。

「左手、安静にするんだよ。ひじまろにね」

「……」

「それじゃあ、またね～」

遠ざかっていく柑橘系の香り。

鬼束先輩は注目を浴びていることをものともせず教室から出て行く愉快犯。見送りの言葉なんか思《おも》い浮《う》かぶわけもなく、俺は左手の痛みとともに身動きを忘れた。

「……なん……えっ……？」

ふと我に返ったのは、半開きになった口の中で大きな泡《あわ》が弾けてから。何となしに左手の先で目蓋に触れるも、そこには渇《かわ》いた薄《うす》い皮があるだけ。欠片《かけら》の湿《しめ》り気《け》も感じない。

「……え？」

俺が人生で初めて異性からもらったキスは、まさかの左目蓋だった。

レベルが高すぎて感慨《かんがい》も何も無い。むしろ位置を選ばない感じに戦慄《せんりつ》すら覚えた。これが恋愛強者の歩む道だというのか。

「……」

「あ、えっと……さじょっち」

「な、何よ……こっち見て」

呆気《あっけ》に取られた様子の二人。助けを求めるように目を向けても芳《かんば》しい反応はなく。夏川からは不機嫌《ふきげん》そうな声が返ってきた。どうやらこの二人も空気を変えるほどの言葉は見つからないらしい。迷った結果、俺は率直《そっちょく》な疑問を口にした。

「『ひじまろ』って、なに……？」

「……さぁ」

「……」

怒涛《どとう》の文化祭を終え、一発目の日常。平凡《へいぼん》な朝というにはあまりにも刺激的《しげきてき》で、侮辱的《ぶじょくてき》で、蠱惑的《こわくてき》で――。

かつて思い焦がれていた高校生活は何だったか、自問自答した。

EX1 ❤❤ そんなに？

「……」

一限目は現代社会の授業。静かな教室に黒板を弾くチョークの音が響く。前半に教科書を片手にペラペラと喋り倒《たお》した先生は、後半になるといつも俺たちにお尻《しり》を向けて黒板と向き合う。それに対して俺たちはひたすらカリカリとノートに写すわけだ。

ハァ……何だかな。シャーペンを動かす手は忙《いそが》しいのに退屈《たいくつ》というか。もっとモチベーションが上がるやり方は無いものかと思う。

ゲッソリしてると、先生の手が止まり放られたチョークがカランと音を立てた。見ると、先生は教卓《きょうたく》の上に開いたまま置いている教科書のページをパラパラと捲《めく》って確認《かくにん》しているようだった。やっと来た小休止の時間だ。この隙《すき》に俺たち生徒はシャーペンを置いて伸びをしたり痒《かゆ》い鼻を掻《か》いたり手鏡で前髪《まえがみ》のチェックをしたりするのだ。

夏川《なつかわ》は俺の後ろの席で何をしているだろう……無音だ。気になってきた、何とか確認できないものだろうか……。

よしっ……こうなったらあの手を使おう。

頬杖《ほおづえ》を突《つ》いてダラけたフリをしつつ、すぐ左の窓の反射で後ろを覗《のぞ》き見ようとして——

絶叫《ぜっきょう》した。

「——イヒィッ⁉」

「えっ？　な、なに……？」

「な、なんだ……？」

ぐッ、ぐおおおおォオオオッ……！　ひ、左手を怪我《けが》してるの忘れてたッ……！

痛みのあまり右手で左手首を支え悶絶《もんぜつ》する。包帯が巻かれていて見た目はどうもなっていないものの、良くない影響《えいきょう》を与《あた》えたことは間違いないだろう。よりにもよって患部《かんぶ》である掌《てのひら》の上に顎先を乗せてしまうという痛恨《つうこん》のミス。こんな愚《おろ》かなことがあろうか……。

「……大丈夫《だいじょうぶ》か、佐城《さじょう》」

「うっ……ウッス……」

こっちに視線を寄越《よこ》した先生が俺の様子を見て察したように訊《き》いてくる。かろうじて涙目《なみだめ》で返事をすることができた。は、恥《は》ずかしい……穴があったらルパンダイブしたい。

「……馬鹿なんだから」

後ろから呟《つぶや》かれた呆《あき》れるような声。すっかり落ち込んだ俺は、左手を膝に乗せてただのお利口さんと化した。

◆

左手を使わない生活？　余裕だぜ！

なんて息巻いて学校生活して幾許《いくばく》。蓋《ふた》を開けてみれば、不意に荷物を持ち上げる時に左の手で掴《つか》み力を入れてしまい悶絶を三回。そしてさっきの珍事《ちんじ》である。思っていたより数倍は無意識に左手を使ってしまっていた。もしかして……俺は生まれてこのかた利《き》き手《て》を間違えていたというのか……？

「……ハァ…………」

「苦労してそうだねー、さじょっち」

「少しならまだしも、多すぎなのよ」

授業が終わり、左手を眺《なが》めて溜め息を吐《つ》く俺を珍しく芦田《あしだ》が気にかけてくれている。その一方で、夏川からは厳しい声が飛んできた。

最初の頃《ころ》は夏川もただ心配してくれていたんだ。初めて悶絶したときなんか思わず「だ、大丈夫⁉」なんてわざわざ席を立って寄って来てくれたほどだ。怪我しただけでこんな良い思いができるのか、なんて思ったのが油断の始まり。俺の悶絶生活が始まった。

徐々《じょじょ》に見向きもしなくなる周囲。俺の不注意さに苛立《いらだ》ちを募《つの》らせ始める夏川。「怪我人アピールか？（笑）」なんてからかって来る山崎《やまざき》たち。あいつらには包帯取った掌を食事中に見せてやる。

悪人笑いをしながら虚空《こくう》に浮かぶ山崎の姿を睨《にら》み付け、復讐《ふくしゅう》を誓《ちか》う。

「こ、こんな事で挫《くじ》けてたまるか……俺の耐久値《たいきゅう》をあまり舐めるなよ？　体の頑丈《がんじょう》さには自信があるんだ。目にもの見せてやるよっ……」

「どこ見て言ってんの」

「ちょっと、迂闊《うかつ》な事してるとまた悪くするわよ」

そうも言っていられない。女子はまだ良い。だがクソ野郎《やろう》ども、お前らはダメだ。顔を合わせる度《たび》にニタリと笑ってイジって来やがって。絶対に負けねぇぞ。

「もうあの野郎どもに笑われるのは嫌《いや》だ」

「もうっ……そんなこと言ってる場合じゃないでしょ！　お姉さんに言いつけるわよ！」

「えっ、あの、それは……反則じゃないですかね……」

「あんたの往生際《おうじょうぎわ》が悪いだけじゃない」

「しゅん……」

「うわ、可愛くな」

お姉さん属性持ちの夏川はその能力《ちから》を遺憾《いかん》無く発揮して俺を叱《しか》って来る。心配してくれている証《あかし》でもあるから嬉《うれ》しくはあるのだが、そう悠長《ゆうちょう》に構えてはいられない。

そう、今日はあの週に二回しかないと言われる伝説の科目——体育があるのだ。次の行事が体育祭という事もあって、その練習のための球技であることが確定しているという。同じ時間に二年生がグラウンドを使うから俺たちは体育館だ。となると考えられる球技は限られる。

一進一退の攻防《こうぼう》。白熱する試合。怪我のため端《はし》っこで体育座《ずわ》りで見学する俺。嘲笑《あざわら》う野郎ども。ダサいと陰口《かげぐち》を叩《たた》く女子達。ただひたすらに屈辱《くつじょく》に堪《た》える俺——考えただけでも身の毛がよだつ。ただの見学で終わるわけにはいかない。絶対にどこかで挽回《ばんかい》してやる。

「……ッ……」

「な、なんかさじょっち燃えてない?」

「もうっ……大丈夫かな……」

◆

三限目になりいよいよ体育の時間がやって来る。女子が専用の更衣室《こういしつ》に向かい、男子は教室の中で体操着に着替《きか》え始める。ふっ、とうとうこの時が来てしまったか。

「おいおい佐城。お前着替える必要あんのか？」

「制服姿で休んでた方がいいんじゃねぇの？」

「お、おい、お前ら」

「うるせぇ、彼女《かのじょ》持ちは黙ってろ」

「う……」

いそいそと制服を脱《ぬ》ぎ始めた俺に、ニヤニヤと笑《え》みを浮かべた山崎と岩田《いわた》が絡《から》んでくる。佐々木《ささき》が制止してくれたようだが彼女持ちイジりに顔を赤らめ、あえなく撃沈《げきちん》した。おい佐々木っ……お前ちょっと初心《うぶ》すぎねぇか！　あと彼女持ちは引っ込んでろ！

「舐めんなよ。今日の俺は名審判《しんぱん》と化す。バスケ、バレーボール、ハンドボール、卓球《たっきゅう》、全てのルールを頭に叩き込んできた。お前らに点数が入るかはこの俺が握っているというわけだ。山崎、お前のシュートは全て無効だ」

「あっ⁉　汚ねぇぞ佐城！」

「名審判かそれ……？」

そう、たとえ俺が無傷で普通《ふつう》に体育に参加したとしても、どうせ男子達の中から二人は審判と別の何かに回されるのだ。つまりたった一人怪我人が居るぐらい何の影響も無いということ。これぞ怪我の功名というもの。まだ希望はあるのだ。

「……よしっ」

包帯を固く巻き直し、体育館に向かう。

更衣室で着替えて準備を終えた女子達がチラホラと集まっていた。その数名の中には一《いち》ノ瀬《のせ》さんの姿もあり。体育館に入った俺と目が合うと、不安げな表情で恐《おそ》る恐る周囲を見回しながらこちらに近付いてくる。そこまで忍《しの》ぶ理由はいったい……まさか俺と話す事が恥ずかしいと……？

一ノ瀬さんの視線は俺の左手に向いている。肌寒《はださむ》くなり始める季節だが、体育館ということで俺たち男子の体操着はまだ半袖《はんそで》。制服姿とは異なり、露骨《ろこつ》に見えている左手の痛々しい包帯を見て心配してくれているのだろう。

「さ、佐城くん……さすがに見学した方が」

「大丈夫《だいじょうぶ》大丈夫。どうせ審判に回されるし、見学みたいなもんだよ。左手を使う事なんかないって」

「……」

こちらを見る心配そうな表情は変わらない。悪いな一ノ瀬さん……男には黙っていられない瞬間《しゅんかん》ってものがあるんだよ。ここで揶揄《からか》われたまま大人しくしてみろ、黒歴史として残ってアイツらにいつまでも笑いダネにされるだろう。これからの学生生活を棒に振《ふ》るわけにはいかない。

「──あ！　ちょっと渉《わたる》！」

「うっ……」

続いて体育館に入ってきた夏川と芦田。夏川は俺を見ると、目を吊《つ》り上げてこちらに近付いてくる。こ、これは怒《おこ》ってますね……嫌な予感が。

「何で体操着に着替えてるのよ！　普通に参加する気⁉　大人しく休みなさいよ！」

「い、いやほらっ、まったく体を動かさないポジションってあるじゃん？　多分そういう感じだから！　怪我が悪化するようなことにはならないかなって！　な、芦田！」

「吐いた唾《つば》は飲めないよさじょっち」

「おうっ……おう？」

慌《あわ》てて言い訳して芦田に共感を求めたものの、芦田からは予想より覇気《はき》の強い言葉が返って来た。えっ、と思って見てみると、芦田はその目に闘志《とうし》の炎《ほのお》を宿して燃えているようだった。

「……もしかして、女子はバレーボール？」

「完全にスイッチが入ってるのよ……」

「うぅ……」

苦笑いする夏川と、陽キャでスポ根《こん》な芦田に戦々恐々《せんせんきょうきょう》としている一ノ瀬さん。部活のような暑苦しいノリが待っていると思うとシンプルに嫌なのだろう。いけない……俺以上に熱血なやつを見てしまってちょっと冷静になってしまった。俺も気合い入れないと。

「……男女別だよな？」

「だから、大人しく見学しなさいよ」

「い、嫌だ……」

「わがままなんだから……どうなっても知らないからっ」

「うっ……」

タジタジになりながらも話してると、徐々に生徒が体育館に揃《そろ》う。そして最後に体育教師がのっそりと登場して全員集合。ストレッチを済ませると、体育館を半々に使って男女で分かれる。男子はバスケットボール、女子はバレーボールだ。バスケか、良いなぁ……俺も普通に参加して楽しみたかった。

よしっ、せめて審判としてみんなの腕前《うでまえ》をお手並み拝見と行くか。

「佐城、お前はスコアボードな」

「え……？　あの、先生？　自分は審判——」

「何言ってんだ。審判だってラインに沿って走り回るだろ。その怪我で無茶《むちゃ》しようとするんじゃない」

「そ、そんな……」

「そら、さっさと運んで来い」

「あの、ちょっ……」

お、おのれッ……！　俺の活躍《かつやく》の機会が……！

いや待て……スコア担当だって活躍の場が無いわけじゃない。かのサッカーワールドカップでも女性審判がスコアボードを意気揚々《いきようよう》と掲《かか》げて注目されていたじゃないか。俺もここで正確無比なスコアカウントをする事で注目——されるわけないわな。知ってた。

「ハァ……」

体育館を半分に区切ってステージ側を男子のバスケットボールのコートとし、その反対側で女子のバレーボールのネットが張られる。俺はゼッケンや笛の入った籠《かご》を脇《わき》に抱《かか》え、キャスター付きのスコアボードを体育倉庫から引っ張って持って来てやった。ふっ、準備の半分を担《にな》ってやったぜ。あれ、これただの雑用ってやつでは……？

「サンキュ怪我人《けがにん》」

「うっせ」

俺の蹴《け》りをヒラリと躱《かわ》す山崎。体をくの字に曲げて何とも滑稽《こっけい》な避《よ》け方《かた》で後ろに跳《と》んで
「ケケケ……」と笑っている。相変わらず面《つら》と身長の良さをすぐ台無しにする奴《やつ》だ。まだまだモテそうにないな。

先生の判断で主審《しゅしん》はバスケ部の山崎となった。分けた三チームの戦力を拮抗《きっこう》させる目的もあるらしい。冷静に考えたら当然だよな……それに現役《げんえき》部員の山崎にバスケ関係で見返すとか至難の業だったのでは……。

「名審判にはなれなかったな佐城、クックック」

「むぐぐっ……」

く、悔《くや》しい……。でも上手《うま》い奴の前でしゃしゃり出るような真似《まね》してもただのウザい奴なだけか……下手に主審なんかになって責任負ってミスするより、淡々《たんたん》とスコアを捲《めく》ってミスしないようにする方が堅実《けんじつ》というものだろう。今は機を窺《うかが》うのだ佐城渉っ……！

『あ、あの……先生──』

『ん……？　お、そうか。おーい！　佐城！』

「？　はい？」

『それ、交代！』

「……は？」

◆

「——佐城く——ん、あっちにも転がってる——！」

「お、おっけー」

指を差された先に青、黄、白の三色で彩《いろど》られたボールが転がっていく。それを俺は公園で遊ぶ犬のように小走りで追いかけた。男子の陣地《じんち》まで転がってしまう前に何とか食い止め、バレーボールコートのネットの向こう側に全力でボウリングスローする。

次の瞬間、視界の端にトスでネットより高く上がったボールを捉《とら》える影《かげ》が映る。

「つぎー！　それッ！」

「——そ、そこっ……あっ⁉」

「あー！　惜しい！」

強い打撃《だげき》でスパイクされた打球を女子がレシーブで受ける。日常的に運動をしていない女子の細腕《ほそうで》で受けるのは無理があったのだろう、弾かれた打球は明後日の方向へと飛んで行く。

「だいじょうぶだいじょうぶー」

転がって行くボールを追いかける。謎《なぞ》のスピンに翻弄《ほんろう》されて少し弄《もてあそ》ばれたものの、何とか捕まえてネットの向こう側へと転がすことができた。達成感に思わず額の汗《あせ》を拭《ぬぐ》う。

そう、これは俺に与えられた新たな使命——女子バレーボールの球拾いである。様々な理由で不参加となり、見学する女子の代わりに男子側から派遣《はけん》されたのだ。

「えへ、ありがとね。佐城くん」

「良いってことよ」

女子からのウィンク&テヘペロのお礼。汗ばみ少し荒《あら》い息遣《いきづか》いのもと放たれる青春スマイルの威力《いりよく》は大きかった。確信したわ、俺の活躍場所はここだった。クソ野郎ども、お前らは男同士で乳繰《ちちく》り合ってな！

「つぎー！　それッ！」

「——キャッ⁉」

「うぉわッ⁉」

続けて打ち込《こ》まれた強烈《きょうれつ》なスパイク。受けきれず後ろに弾かれたボールが俺の顔面の横スレスレを通り過ぎる。壁にぶつかると『パァンッ』と大きな音を立てた。驚きのあまり喉《のど》の底からマヌケな声が出てしまい、その場で立ち竦《すく》んでしまう。

「さじょっちー！　球足りなくなってるー！」

「お前が本気出しすぎなんだよ！　女子受け切れてねぇじゃん！　全部後ろに飛んで来るんだけど⁉」

「えへー、気合い入っちゃってつい」

男子と違《ちが》って女子は試合をしていない。来たる体育祭ではほぼ確実に三学年合同のバレーボール大会があるから基礎《きそ》を磨《みが》くところから始めているそうだ。トスとレシーブのラリーを終えた今、芦田の打ち込みによるレシーブ、トス、スパイクの連携《れんけい》の練習をしている。見たところ最初のレシーブの段階でつまずいてるみたいだけど……いかんせん芦田の手加減がなさすぎる。お陰様《かげさま》でほとんどの球がボールボーイの俺無しにはネットの向こうまで返されていなかった。

「芦田ちゃ〜ん……初心者にはキツいよー」

「圭《けい》、ちょっと手加減できる……？」

ボールの最高到達点《とうたつてん》で芦田が体を反《そ》らせているところを見る度に言いようもない恐怖感《きょうふかん》が募るからな。あの体勢まで言ったらもう腕《うで》を振り抜《ぬ》くしかないだろうし。現役バレーボール部員としては理想的なんだろうが……。

「手加減……手加減かぁ……」

「だいじょうぶ？」

「うんっ……！　やってみる！」

この隙にチラッと男子の方を見ると、バスケの試合は白熱しているようだった。山崎が珍《めず》しく大真面目な顔で審判として笛を鳴らしている。岩田がリングの真正面からのシュートを外していて笑われていた。楽しそうだな……俺もバスケやりたかったな。

「一ノ瀬ちゃーん、行くよー」

「は、はひっ……」

──おっ。

次は一ノ瀬さんか。あのほっそりとした腕で上手くレシーブできるか心配だ。怪我をしないか注意深く見ておかなければ……。

「そぉ──れッ！」

「えっ⁉」

「あっ⁉」

「ちょっ……⁉」

手加減に慣れていないのか、少し不格好に振り抜かれたスパイク。ひしゃげた打球は一ノ瀬さんの居る位置を大きく外れて打ち込まれていた。気のせいだろうか、先程《さきほど》とほとんど勢いの変わらない打球が真《ま》っ直《す》ぐ俺の方に向かって来ているような気が……。

——いや気のせいじゃねぇッ!!

「さじょっち！」

「渉！」

「くッ……⁉」

受け止めるため慌てて両手を前に——ダメだ！　これ以上この左手に刺激《しげき》を与えてしまえばいよいよ傷口が悪化してしまう！

だったら体で受け止め——ダメだ！　シンプルに当たったら痛そう！　もう痛い思いはゴメンだ！

だったら！

「——ふッ……！」

自分の反射神経を信じて右にジャンプ。よしっ、これでバウンドする打球の射線から外れ——なっ……⁉

スローモーションに映る世界。避けたはずの打球は斜《なな》め前《まえ》の床《ゆか》に着弾《ちゃくだん》し、楕円球《だえんきゅう》となってキュルキュルと時計回りに回転する。そして弾力《だんりょく》の作用により床を弾いたボールは、Z

軸《じく》に反射角を作ってそのまま俺の下半身に向かい――

――嗚呼《ああ》、女神《めがみ》よ。

「○※△☆□△%※!!?？」

「さ、さじょっちぃー!!」

体の芯《しん》を巨大《きょだい》ハンマーでぶち抜かれたかのような衝撃《しょうげき》。着地のために踏《ふ》ん張る力は脚《あし》に残っておらず、近付いて来る床に向かってギリギリ余力の残った右腕《みぎうで》を伸《の》ばし、掌を突いてふんばる。

衝撃を和《やわ》らげながらも床に跳《は》ねる俺の右側面。体育館の高反発の床は衝撃のほとんど全てを俺に返す。そして、それは着弾した下半身のとある一点にも伝わった。

「………ッ………！　……ッ！　ッ……！　……ッ……！」

「さ、さじょっちのさじょっち、が、が！」

痛みというよりは車酔《くるまよ》いを五百倍にしたような気持ち悪い感覚。あまりの苦しさに悲鳴を上げそうになりながらも、俺のなけなしのプライドは女子を目の前にしているという事実に火事場の馬鹿力を発揮して体勢を立て直した。瞬間的《しゅんかんてき》に起き上がった俺は床に片膝《かたひざ》を突き、そして膝に置いた右腕に額をくっ付けるという少し格好が付いた形に収まった。

「……ぅ……オォッ…………」

「さじょっち！」

バタバタと駆《か》け寄ってくる足音。床が僅《わず》かに振動《しんどう》し、俺の今の患部に震度《しんど》1を発生させる。やめて……お願い……もっとゆっくり……そんな全力で走って来ないで……。

「さじょっち！　ごめん！　大丈夫!?」

「…………」

「さ、さじょっち……えとっ、どうしよっ……！　せ、背中擦《さす》ったら治る？」

やめてください。今の俺に触《さわ》らないでください。絶対に揺《ゆ》らさないでください。お願いですからそっとしておいてください。今だけは俺の存在を忘れてください。

「そ、それとも……そのっ――」

やめろッ！　こんな時に限って顔を赤らめながら俺の下半身に刺激を与えるような事を言うなッ！　俺の目の前に汗の伝う生脚を近付けるんじゃないッ！　俺の正面でオーバーサイズの襟首《えりくび》を晒《さら》しながら屈《かが》むな！　俺のソコに視線を向けるな！

「だっ、だい、ダイジョブ……だからっ……！」

なりふり構わず右の掌を突き出して芦田を遠ざける。一人分距離《きょり》が開いたことを確認すると、全く引く様子の無い気持ち悪さを我慢《がまん》し、気合いで立ち上がる。後ろ手を体育館の壁《かべ》に添《そ》えて全身を支え、回復しつつある風《ふう》を装《よそお》って笑ってみせる。

「へっ、へへへ……」

「む、無理して笑わなくていいんだよ……？」

「へへへへっ……」

「そんな引き攣《つ》った笑顔《えがお》、初めて見たよ……」

やめろ、察するな。いっそのこと笑い飛ばしてくれ。今だけは俺の顔を立ててくれ。来年までお前の奴隷《どれい》になっても良いから。もう二度と馬鹿にしたりしないから。全財産あげるから。

「ゼェ……ゼェ……大丈夫だから……持ち場に戻《もど》れ……」

「う、うん。ごめんね……？」

「謝んなくていいから……手加減して、コントロールを、正確に……」

「わ、わかった！」

クラスの女子の視線を一身に受けながら、何とか見た目だけでも気丈《きじょう》に振る舞《ま》って見せ

る。ようやく少しずつ気持ち悪さが引いて来た。後で女子から離《はな》れた物陰《ものかげ》で我《わ》が息子《むすこ》の無事を確認するとしよう。ちゃんと一本と二個あることを確認するんだ。増えても減っていてもいけない。この計算を間違えてはならない。

「えーっと……次は愛《あい》ち！」

「う、うん……」

俺の前方、コート内に夏川が入ってレシーブの構えを取る。まずいっ、今更《いまさら》ながら夏川の体操着姿を意識してしまう！　制服より体のラインが出た格好でこっちにお尻——背中を向けないでほしい。もっと俺の息子に余裕《よゆう》がある時にお願いしたい！

「そぉ——れっ！」

「！」

よしッ！　ナイス芦田、ちょうど良い打球の速さだ！　コントロールも良い！　夏川なら簡単にレシーブできる！　俺《おれ》が動く必要ない！

「ふっ……！」

「一ノ瀬ちゃん！」

「は、はわっ……!?」

「かおりん！」

「──えいッ！」

「ナイスキー！」

芦田の丁度良い打球に対して夏川が華麗《かれい》にレシーブを決め、一ノ瀬さんが慌てた様子で不格好ながらもボールをトス。それを小林《こばやし》さんがジャンプしてパンと叩いてネットの向こうに返した。久々に繋《つな》がった連携に芦田が嬉しそうに掛《か》け声を上げた。

「圭も、今の良かったよ」

「えへへ、ホントー？」

「次もお願いね？」

「うん！」

ふぅ……和《なご》む。こういうので良いんだよ。その調子で和気藹々《わきあいあい》として俺を落ち着かせてくれ。今は少しでもメンタルに優《やさ》しい景色が見たい。そしてついでにさっきまでの一部始終を忘れてくれ。穴があったらブラジルに逃《に》げたい。

「……」

「……ん？」

上手くいった連携に女子たちが喜んでいる一方、こっそり歯を食いしばって苦しみに堪《た》えている俺の方を振り返る夏川。何を思ったか、さっきの一ノ瀬さんのように恐る恐る俺の下に近付いて来る。

や、ちょっ……待ってくれませんか。夏川はヤバい。夏川はいま近づいて来ないで欲《ほ》しい。贅沢《ぜいたく》な悩《なや》みなのは分かってる。今だけは前のように俺を全力で毛嫌《けぎら》いして欲しい。今だけは生理的に無理と言われても喜べる。俺の息子だって一人になりたい時があるんだ。

「ね、ねぇ……」

や、やめろ。何で耳元に口を近付けるんだ。内緒話《ないしょばなし》なら後でも良いだろ。距離が近い。不純異性交友だ。風紀委員会が黙《だま》ってないぞ。生暖かい息が耳にッ……あっ。

「お、おちんちん……そんなに痛いの？」

「────」

高校一年生、秋。

怪我を負えども、激動の学生生活に平穏《へいおん》は訪《おとず》れず。帰宅部であってもハプニングは等しくやって来るようで──。

俺は何度目かの白目を衆目に晒した。

EX2♥♥力になりたい

文化祭を終え、教室内からはイベント前のソワソワするような雰囲気《ふんいき》がすっかり無くなって生徒達《たち》は高校生としての日常生活を取り戻していた。そんな中、廊下側《ろうかがわ》の後方の席では日常が戻りすぎた生徒も居た。

一ノ瀬深那《いちのせみな》——読書好きで物静かな小柄《こがら》な女の子である。

「……」

授業の合間の休憩《きゅうけい》時間。速《すみ》やかに机の上に次の授業の教科書とノートを取り出した深那は、いつものように鞄《かばん》から小説を取り出し、栞《しおり》を挟《はさ》んでいたページを開いて活字を目で追い始める。集中するうちにやがて周囲の雑音や騒《ざわ》めきは聞こえなくなり、深那は自らを物語の世界へと没入《ぼっにゅう》させる——はずだった。

「……」

物語の内容が、頭に入って来ない。どうして当たり前のように出来ていたことが出来なくなったのか。深那はその原因が何となく分かっていた。

左斜め前に座る茶色いボブカットの女子生徒――白井乃々香《しらいののか》。深那ほどではなくとも、どちらかと言えば大人しめで物腰《ものごし》の柔《やわ》らかい女の子だ。趣味《しゅみ》は読書という共通点があるが、彼女は小説のほか少女漫画《まんが》も同じくらい嗜《たしな》むという点で、深那と比べると守備範囲《はんい》が広い。

そしてもう一人。教室の反対側で、深那が唯一信《ゆいいっしん》を置く男子生徒の前に座る黒いショートカットの女子生徒――岡本葵《おかもとあおい》。同じように読書家だが、こちらの趣味は少女漫画《まんが》一辺倒《いっぺんとう》である。その共通の趣味から、普段《ふだん》は白井と一緒《いっしょ》の時間を過ごし、物語の中に登場する憧《あこが》れのキャラクターを話題にしてトークに華《はな》を咲《さ》かせている。

――そんな二人が、集まることもなくただじっと席に座り、元気が無さそうに俯《うつむ》いている。二学期が始まって以降、何かと深那の席に集まって構い倒し、読書がしたい深那の聖域で騒《さわ》いでいたあの二人が、だ。

深那はどうしてあの二人がそんな状態になっているのか分からない。むしろ、それは深那が読書に集中できるという点で喜ばしい事のはずだった。これでやっとかつてのように物語の世界に没頭《ぼっとう》できるはずだと。

――しかし、そうはならなかった。

「……」

どうしてもあの二人の様子が気になってしまう。肩《かた》を落とし、ちっとも楽しくなさそうにしているあの二人のことが。

一学期まで他者に興味のなかった深那がどうしてこうなったのか。理由はただ一つ、深那が他者と関わるようになったからだ。あの時の日常が、今の深那にとっては非日常だからだ。深那にはこの心境の変化についてよく似た前例があった。

（……佐城《さじょう》くん）

先ほど述べた唯一信《しん》を置く男子生徒——佐城渉《わたる》。夏休みのアルバイトでお世話になり、多少話すようになった男の子。アルバイト上の先輩後輩《せんぱいこうはい》という関係性は残念ながら終わってしまったものの、二学期からはクラスメイトとしての関係が続いている。

アルバイトを続け他者と関わるようになり、二学期から深那は読書の回数が減った。一冊の本にかける時間が長くなってしまい、積んだまま未読になってしまっている本が増えた事を残念に思う一方で、こうも思うのだ——一学期までのあの頃《ころ》に戻りたいかと。

そう考える度に深那は思う。〝絶対に戻りたくない〟と。

ほんの少しの勇気だった。たった一歩踏み出した足が深那の世界を全て変えた。記憶《きおく》に残るはずもなかった日常が、たった一人増えるだけで濃密《のうみつ》な思い出になることを知った。空虚《くうきょ》な記憶になるはずだった文化祭が大切な思い出になった。

自分の足だけで立つということ、自分を変えるということがいかに大切なことかを知った。それは自らの成長という実感と強くなったという自覚を齎《もたら》した。今まで理解できるはずもなかった〝青春〟がいかに甘美《かんび》なものかを知った。

(これも……そうだったんだ)

様々な経験を経て、大切なことを思い知った深那が今の自分の状況《じようきよう》を理解するのにそう時間はかからなかった。深那にとって白井乃々香と岡本葵という存在は既《すで》に大切な日常の一部になっていたのだ。もはや深那にとってこの二人は、知らずに放って置ける存在ではなくなっていたのだ。

そして――もう一人。

「その……深那ちゃん」

「！」

深那の日常の一部であるもう一人――斎藤舞《さいとうまい》。

一つ結びの黒い後《うし》ろ髪《がみ》を片方の肩から下ろし、奥《おく》ゆかしい雰囲気から日本美人という印象の強い彼女も、先に述べた白井や岡本と仲の良い人物の一人だった。一学期から文化祭直前にかけて、彼女たちはこの三人で一つのグループだった。そんな三人の中で、唯一《ゆいいつ》彼女だけ特別な状況に置かれていた。

「えっと……その……」

「……ううん、何でもない。ごめんね？」

「あ……」

「……」

寂《さび》しそうな表情を浮《う》かべ、彼女は去って行く。

もともと儚《はかな》い印象は強かった。他の二人が深那の日常を騒がしくする一方で、彼女《かのじょ》はそろりと、ゆっくりと手に触《ふ》れるように深那の日常に入り込んで来た。正直、深那にとって斎藤舞という存在は性格的にも相性《あいしょう》の良い存在だった。

そんな彼女は最近、幸せそうな表情を浮かべ始めたと思えば、今のように寂しそうな顔をする。理由は分からない。けれど、たった今向けられた表情には身に覚えがあった。

読書家の深那はもともと一人を好む。だから一学期の頃までは自ら進んで一人を選んでいたのだが、時おり自分の中で矛盾《むじゅん》した感情が湧《わ》き上がっていた。「一人は寂しい」「惨《みじ》めなのは嫌だ」と、胸の内で声高らかに叫《さけ》ぶ自分が居たのだ。

今の斎藤の表情を見ていると、深那はどうしようもなくあの頃のもどかしさを誤魔化《ごまか》し続ける自分を思い出すのだ。

（……何とか、したい）

二学期から何かと付き纏《まと》ってきた三人の友人たち。そんな彼女たちが、今はバラバラになって一人になっている。最初は迷惑《めいわく》と思っていた彼女たちが、気がつけば大切に思う存在になっていた。そんなありのままの自分を否定する卑屈《ひくつ》さは、今の深那にはなかった。

一方で、深那には課題があった。

(いったい、何が原因で……)

彼女たちの異変の原因――その思い当たる節を探《さぐ》ろうにも、深那は彼女たちの事をまるで知らなかった。知ろうとしていなかったのだ。

(……い、今のままじゃダメだ)

立ち上がることの大切さを深那は知っている。まず必要な事は情報収集。どうして白井と岡本は元気がないのか、どうして斎藤はチグハグな表情を浮かべるのか、その背景を知る必要がある。まずは直接話しかけるか、事情を知っている他の人間から聞き出すしかないだろう。

深那は自らを鼓舞《こぶ》するように立ち上がった。

◇

(あ、あうう……)

現在地、深那の席。

一学期と比べて人との関わりが増えた深那。しかしもともと引《ひ》っ込《こ》み思案《じあん》な彼女にとって〝自ら話しかける〟という行為《こうい》は今もまだ苦行の一つだった。勇気を出すことの重要性は理解しているが、それとこれとはまた別の話だった。深那は考えが甘《あま》かった自分を恥《は》じる。

結局——頼《たよ》りになる元先輩《せんぱい》を頼るしかないのか。本当は怪我人である彼《かれ》に甘えたくはなかったのだが。

深那は少しの悔しさを抱えたまま彼の席に向かい、その背中に話しかけようとする。

「あ、あのっ……佐城く——」

「ふぅ……え？」

「はわっ……」

話しかけた瞬間、立ち上がる渉。タイミングが重なってしまい深那は言葉に詰《つ》まってしまう。アワアワとしつつも、何とか伝えたいことを話そうとするが、

「わり、一ノ瀬さん。ちょっと先にトイレ」

「あっ……」

悪い悪いと言いながらペコペコと頭を下げて去って行く渉。手を伸ばす間もなく彼は教

室から出て行った。緊急度《きんきゅうど》が高いのだろうと察し、追いかけはしなかった。そもそも深那の足では追いつくことができない。

まさか唯一の頼《たの》みの綱《つな》に出鼻《でばな》を挫《くじ》かれ、深那は放心してしまう。

「――――」

「……えっと、一ノ瀬さん？」

「！」

「その、渉がごめんね？」

「さじょっちったらヒドいよね～」

しょんぼりとする深那に恐る恐る声をかけて来たのは、トイレへと駆け出した渉の後ろの席に座《すわ》る女子生徒――夏川愛華《なつかわあいか》。一学期の頃から芦田圭《あしだけい》とともに渉と一緒に居る美人な女の子だ。キラキラとしていて、顔を向けられるだけで言葉に詰まってしまう。

深那からすれば愛華は渉の友達。すなわち『友達の友達』というものであり、それはもはや赤の他人も同然の存在だった。渉なしに会話を続けるにはいささか難易度が高い。まるで身内であるかのように申し訳なさそうに謝《あやま》る愛華の側では、その友人である圭が深那に苦笑いを向けていた。

「渉に何か用？」

「デートのお誘《さそ》い～？」

「あ、あう……」

「ちょっと、圭」

愛華の言葉に続けて揶揄《からか》うように言う圭はクラスを代表する明るい女の子だ。繕《つくろ》わない言葉で言えば、深那にとって〝苦手な存在〟だった。ここに彼女《かのじょ》を窘《たしな》める愛華が居なければ尻尾《しっぽ》を巻いて逃げ出しているところだった。

「えっと、良かったら私からあいつに伝えとくけど……」

「……」

「もうっ、圭が脅《おど》かすから話せなくなったじゃないっ」

「ええっ⁉　あたしのせい⁉」

その通りだが、それだけじゃない。

深那にとっては愛華も鬼門《きもん》なのだ。何なら鬼《おに》なのだ。そんなに恐《おそ》ろしく思うほどの存在ではない事は頭で理解している。でも、人見知りというものは理屈《りくつ》でどうにかできるものではない。

「……」

「……うん、わかった。圭、帰って」

「ええ⁉　愛《あい》ち⁉」

「良いからっ」

愛華から背中を押《お》され、「ふぇ～ん」などと泣き真似をしながら自分の席に戻っていく圭。

まさかの行動に深那も目を丸くする。

今のところ引っ込み思案な深那の心を察したように優しくしてくれる愛華。そのおかげか、深那はほんの少しだけ愛華に好感を抱《いだ》いていた。

「それで、どうしたの？」

「う……」

とはいえ——とはいえなのである。

深那は愛華のことを知らない。深那にとって怖《こわ》いのは、何をもって愛華を怒《おこ》らせてしまうのかわからないことだ。口下手な深那にとって、それは恐ろしく高い壁だった。

何か言わなければと右手で胸を押さえ、暴れる心臓を落ち着かせる。

「渉にしか、話せないようなこと？」

「……ぁ……」

そんな深那の手を、両手でそっと包み込む愛華。投げかけられる言葉も同様に優しいものだった。多少の我《わ》が儘《まま》を許してくれるような、まるで年上のお姉さんを彷彿《ほうふつ》とさせる雰囲気。アルバイト先の常連の、見た目ばかりが先行し、無邪気《むじゃき》さを覗《のぞ》かせる笹木《ささき》風香《ふうか》とは違う包容力があった。もっとも、彼女は年下の中学生なのだが。

恐怖感が薄《うす》れ、少し心が落ち着いた深那は自分の目的を思い出す。いま大切なことは白井、岡本、斎藤の三人に何があったのか、その情報を得ることだ。それを知ることができるのならば、尋《たず》ねる相手は別に渉である必要はない。

整理ができた深那は覚悟《かくご》を決めた。

「そのっ……き、訊《き》きたいことが……」

「うん、なぁに？」

「え、えっと……ここではちょっと……」

生憎《あいにく》と、渉の席のすぐ前には肩を丸めて俯いたままの岡本が座っている。まさか本人をすぐ目の前にして事情を聞き出す事なんてできるわけがない。本人から聞き出しても良いのだが、それでさらに悲しませてしまう可能性を考えると、まだそこまでの勇気が深那にはなかった。

「うん、それじゃあ場所を変えよっか」

「は、はいっ……」

愛華に手を引かれ、深那は教室から出る。圭がわざとらしく寂しそうな顔でこちらを見ていたのが印象に残った。

◇

教室で渉の席に向かってから一分ほど。当然ながら廊下《ろうか》にはまだ渉の姿は無い。教室から出てすぐの所で、深那と愛華は向き合った。

「えっと……ごめん。私もつい勢いで連れ出しちゃって……無理に聞き出すつもりはないけど」

「だ、大丈夫《だいじょうぶ》ですっ……」

「そ、そう？　それなら……」

愛華としては、わざわざ場所を変えるくらいなら渉の帰りを待てば良かったのでは、と今更ながら思ったものだが、深那が大丈夫というものだからあえて言葉には出さなかった。

〝一ノ瀬深那が渉に話したいこと〟――それを知りたいという気持ちが先行してしまったのだ。自分の知らないところで、渉と深那の関係が深くなる――今の愛華にとって、それが許容できるものかは判断できなかったから。

そんな愛華の罪悪感など露《つゆ》知らず、深那は目的を果たすために勇気を出して言葉を続けた。

「えっと……実は——」

深那はたどたどしくも白井、岡本、斎藤の三人の事を愛華に語った。様子がおかしくなった三人に何かしてやりたいのだが、そもそも何が原因で三人がそうなっているのか分からないのだと。

そして改めて愛華に目を向けた。何か事情を知らないでしょうか、と。

「……？　そういえば……文化祭が終わってから話してないかも……」

「……」

「……あっ——ご、ごめんってばっ！　そ、そんな目で見ないで……」

何だ、せっかく勇気を出して訊いたのに知らねぇのかよ。そんな感情が深那の引っ込み思案な性格を突《つ》き破《やぶ》って顔に出た。無意識のうちに半目で見上げていたのだろう。愛華がバツの悪そうな顔で目を逸《そ》らす。

愛華からすればつい最近、『渉が手に大怪我《おおけが》を負い病院に運ばれる』というビッグイベントがあったのだ。親友である圭や渉に近しい深那の事ならいざ知らず、他のクラスメイトの様子にまで気を配る余裕なんてなかった。

「た、確かに……すっごい落ち込んでるような……それに教室の雰囲気も」

「……」

「うっ……ご、ごめんってば！」

あろう事か、教室の中を覗き見た愛華はいま気付いたかのような事を仰《おっしゃ》っている。マジで言っているのか……深那はそんなアテが外れた目で愛華を見上げていた。

一方で愛華は、こんなはずじゃなかったのに、と肩を落とした。

「――夏川。一ノ瀬さんは繊細《せんさい》なんだから。芦田と同じ扱《あつか》いしたらダメだぞ」

「！　わ、渉っ……遅《おそ》かったわね。ス、スッキリした？」

「夏川？　一回冷静になろう？」

ちなみに〝小〟との事だった。「右手だけだとちょっと苦労するんだよ……あとまだちょっと痛《いて》ぇし」と恥ずかしそうに言われ、深那と愛華は一緒になって想像しかけ顔を赤くするのだった。誰《だれ》も得しない不毛な話だった。

とはいえ深那からすれば待ちに待った渉の帰還《きかん》。まさか愛華のように頼りにならないという事はないだろうと、渉にも愛華と同じ話をした。

話しが進むにつれ、徐々《じょじょ》に渉が泣きそうな表情になっていく。

「――うぅっ……グスッ。まさか一ノ瀬さんが、あの三人を〝友達〟として助けようとしてるなんてっ……」

「……あの」

「あっ、ごめん。真面目な話だよな。いや、感動したのはマジなんだよ」

半目、再び。深那の無言の訴《うった》えは効果《こうか》覿面《てきめん》のようだった。いつもなら渉の呑気《のんき》さを咎《とが》める愛華も、このときばかりは腕を組んで気まずそうに目を逸らしていた。

コホン、と咳払《せきばら》いした愛華が渉に向き直る。

「白井さん達の事は、私も力になりたい。一学期、圭に続いて話しかけてくれるようになったのはあの子達だから」

「とは言ってもな……たぶん、難しい問題だしな」

「！　なにか知ってるんですか……？」

「いや、まぁ……予想なら」

距離を詰める深那と愛華。渉は二人の様子に思わずたじろぐ。包帯の巻かれた左手を見て冷静さを取り戻し、元の位置に戻る。

「そ、それって……？」

「いや、そんなペラペラと話して良いものか……──いや、待てよ？」

「え……？」

渉が深那に目を向ける。そして今度は渉が深那に距離を詰める番だった。驚《おどろ》いた深那は後ずさりして壁に背をつける。

「誰かの助けになれなくて悩んでいる……性格的に立場は四ノ宮《しのみや》先輩の時の逆パターンか。もしあの時に悩んでいたのが四ノ宮先輩じゃなくて稲富《いなとみ》先輩だったら……？　四ノ宮先輩は、どうされたら喜ぶ……？」

「あ、あうう……」

「ちょ、ちょっと渉……！　なに一ノ瀬さんに詰め寄ってるのよ！　し、しかもっ……何でいま四ノ宮先輩の名前が出てくるわけ……⁉」

渉に間近から見下ろされ、顔の近さに顔を赤くして呻《うめ》く深那。驚いた愛華が怒った顔で渉を引き離す。渉は思案顔のままだった。

振《ふ》り回される女子二人を尻目《しりめ》に考え続ける渉。深那と愛華は動揺《どうよう》しながらも疑問符《ぎもんふ》を浮かべて顔を見合わせる。

やがて、渉は頭の中で整理が付いたように二人を交互《こうご》に見た。

「一ノ瀬さん……初めてアルバイトの面接に来た時のこと、まだ覚えてる？」

「えっ……？　う、うん……」

「その時の勇気を思い出してほしい。この問題——一ノ瀬さんがクラスの救世主になるかもしれない」

「えっ……ええええええっ……⁉」

翌日の昼休み。学校の食堂は相変わらず生徒で賑《にぎ》わっていた。そんな中、最奥《さいおう》のテーブル席で向き合っている四人組が居た。

「――えっと……深那ちゃん？」

「は、はひっ……」

「だ、大丈夫？　深那ちゃん……」

「……っ……」

深那の左側に座る斎藤舞が心配そうに話しかける。深那の向かい側に座る白井乃々香も同じように話しかけた。その隣《となり》の岡本葵は言葉には出さなかったが、同じように深那を心配している事を表情で物語っていた。

（ちゃ、ちゃんと話さなきゃっ……！）

此度《こたび》の集合、それは深那から呼びかけたものだった。スマホのメッセージアプリから『相談したいことがある』と、他の三人にまとめて送ったのだ。『だから、この日の昼休みに学内食堂に集まって直接話をさせてほしい』と。

これは渉や愛華、そして後から加わった圭とクラス委員長である飯星聖奈《いいほしせいな》による作戦によるものだった。作戦の内容は単純明快――悩める三人を揃《そろ》えた上で、深那が思いの丈《たけ》の全てをぶつけるというものだった。台本なんてものは何も無く、深那は実際に三人を前にして緊張《きんちょう》しきっていた。

　そんな緊張する深那を、少し離れた窓際《まどぎわ》のカウンター席から眺《なが》める四人組が居た。

『ね、ねぇ……三人ともみんなあんパンと牛乳なの……？　私だけお弁当で気まずいんだけど……』

『気にしたら負けだ夏川』

『形から入ってみようと思っただけだよ愛ち』

『むしろ張込《はりこ》みでお弁当とは長期戦の構えの表れ。やるね、夏川さん』

『な、何が⁉　事前に打ち合わせしてないのよね？　私だけ連絡《れんらく》ミスしてない……⁉』

　少々のアクシデントがありながらも準備は整っていた。渉たち四人はこうして遠くから見守っていると深那には伝わっている。しかし、これは実は、もしも白井たち三人を前に深那の心が折れてしまったときの保険だった。万が一の時は、渉たちが姿を現して深那の代わりに悩みを訊き出すつもりなのだ。もっとも――渉は深那が失敗するとは思っていなかった。

『ふんだ……私も役に立ちたかったのに』

『まあまあ、愛ち』

『夏川さん、頑張《がんば》り屋さんだから。佐城くんの話だと頑張り屋さんが頑張っても効果が薄いんだよね』

『何よ、それ』

『引《ひ》っ込《こ》み思案《じあん》で、自分から前に出ない一ノ瀬さんだからこその作戦なんだ。悪いけど、今回は黙って俺の隣に居てくれ』

『わ、渉……』

『ちょっと？　何か流れ変わったんだけど』

『何これ、おもろ』

小声で会話する渉たち四人の会話が少し艶《つや》っぽい方向にシフトする。それに圭と飯星でブレーキをかけるのだった。

そんな四人を尻目に、深那のテーブルでは悩みを抱《かか》える皆《みな》がお互《たが》いに空気を読み合いながら話し合いを始めようとしていた。

「それで……相談って？　何かあったの？」

「え、えっと……」

「何でも言って！　力になるよっ」

「……！」

口ごもる深那に、明るい声で呼びかける岡本。深那からすればそれが空元気であることは一目瞭然《いちもくりょうぜん》だ。本当は誰かの相談になんて乗れるような精神状態ではない事は分かっている。深那は思わず膝《ひざ》の上で小さな拳《こぶし》を握《にぎ》る。

本音を隠《かく》されている——それは頼りにされていない証拠《しょうこ》。深那はそれを肌《はだ》で感じ取り悔《くや》しい思いが一層強まった。誰かが言っていた通り、自分はマスコットのようにしか思われていないのだとわかってしまった。

「……ッ……！」

「え……」

「……！」

「……」

キッ、と強い目をして三人を見る深那。初めて見る決意の表情に、白井、岡本、斎藤の三人は思わず息を呑《の》む。

深那は自分が傷付くことも嫌《きら》われることも覚悟して、話を切り出した。

「みんなの、悩みが知りたいです」

「……ッ……!?」

一語一句、噛《か》むこともなくはっきりと伝えた言葉。それは確かに三人の耳に伝わり、そして驚かせた。クラスの誰もが尋ねることができなかった事を今、唯一深那だけが三人に伝えて見せたのだ。

「ここ最近、白井さん達の元気が無くて……どうしても気になっています」

「あ……」

ひと思いに言い放たれた言葉。真《ま》っ直《す》ぐ伝えられ、白井と岡本は眉尻《まゆじり》を下げて目を伏《ふ》せる。他でもない——その原因は、いま深那の隣に座る斎藤にあるのだから。

「みんなの元気が無くなって……誰からも、話しかけてもらえなくなって……さ、寂しい……」

「……っ……深那ちゃん」

深那の震《ふる》えた声を聞いて、岡本が思わず顔を上げる。案の定、深那の大きくて丸い垂れ目は潤《うる》んでいた。クラスの多くの生徒を信用しきれていない深那にとって、自分の弱みを晒《さら》す事は並大抵《なみたいてい》の覚悟ではなかったのだ。

「な、何に悩んでるかは私には分かりません……どうしても無理なら、教えてくれなくても大丈夫ですっ……」

「あ……」

頑張って話す深那の目から、ついに涙《なみだ》がこぼれ落ちる。それでも止《と》めるわけにはいかない深那は三人の力になるべく言葉を続ける。

「わたしにっ……何か力になれることはないでしょうかっ……！」

「「「……」」」

涙声《なみだごえ》で語られた言葉――それは紛《まご》うことなき深那の思いの丈だった。

実際、三人にとって深那は構い倒《たお》して可愛《かわい》がるだけの存在でしかなかった。たとえ自分が重い悩みを抱えていたとしても、癒《いや》されはしても相談する相手にはなり得ない存在のはずだった。

そんな気弱なマスコットからストレートに伝えられた、〝力になりたい〟の言葉。その涙ながらの思いは、三人の胸に強く響《ひび》いた。

「……そっか。ごめんね？　深那ちゃん」

「……！　葵ちゃんっ」

「乃々香ちゃん。ウチ、言うよ」

深那の言葉を受け、最初に覚悟を決めたのは岡本だった。白井に目配せした岡本は、瞳《ひとみ》に今までのような光を取り戻《もど》すと、真っ直ぐ斎藤を見つめて言った。

「ウチね、舞ちゃんが佐々木《ささき》くんと付き合って、ショックだった」

「あ……」

「……え……？」

岡本の告白を受け、悲しい顔をする斎藤。一方で深那は涙を止めて二人を交互に見た。

渉は三人の悩む理由に『予想はついている』と言っていた。結局深那には話してくれなかったものの、まさか色恋沙汰《いろこいざた》によるすれ違《ちが》いが起こっていたとは思っていなかった。想像以上に大人の領域の話で深那は動揺を隠せなかった。

「三人で『佐々木くんカッコイイね』って話してて、そんな憧れを抱いて、時々話しかけてドキドキして、後でみんなでキャーキャー騒いで……そんな事がずっと続くと思ってた。だから、舞ちゃんが佐々木くんと付き合ったって知った時は、『抜《ぬ》け駆《が》けされた』って思った」

「葵、ちゃん……」

「でも、そんなのウチの方がおかしいよね」

「え……？」

落ち込んだ様子で俯いていた斎藤。しかし、岡本から放たれた意外な言葉に驚いた様子で顔を上げる。

「『佐々木くんはウチの推《お》し』だって。そんなことは自分を誤魔化してるだけだった。学校に行けば佐々木くんは手に届くところに居るのに、アイドルじゃあるまいし。こんなに近くから眺めていて、恋愛《れんあい》感情を抱かないわけがないよね」

「……」

「私も同じ」

「……！」

岡本に続き、白井も斎藤を真っ直ぐ見て自分の思いを伝える。

「結局、私は佐々木くんのことを好きになっても告白する勇気なんて無かった。時々頑張って話しかけて、きっとこれからもそれだけで満足してた。拒《こば》まれる可能性を前に、佐々木くんに自分の想《おも》いを伝える事なんてできなかった」

「乃々香ちゃん……」

「舞ちゃんは凄《すご》いよ。ちゃんと佐々木くんに告白したんだもん」

「きっと、ウチ達と気まずくなる事もわかってたよね。それでも頑張って勇気を出して告白したんだよね」

「ふ、ふたりとも っ……！」

白井と岡本の言葉に、ついに堪《こら》えきれなくなったのか表情を歪《ゆが》ませる斎藤。先程《さきほど》の深那のようにポロポロと涙を流し始める。

「ご、ごめんなさいッ……わたし、我慢《がまん》できなくてっ……！　二人と一緒に居られなくなるって分かってたのに！　どんどん佐々木くんの事が好きになって……！　葵ちゃんにも乃々香ちゃんにも、何も言えなかったっ……！」

「大丈夫。大丈夫だよ、舞ちゃん」

「謝らなくて良いんだよ、舞ちゃん」

そう言って、白井と岡本は声を揃えて笑顔《えがお》で言葉を続けた。

「「おめでとう」」

「……っ……」

ほんの少し涙を目に浮かべながらの祝福。斎藤はずっと抱えていた罪悪感を刺激《しげき》され、そのまま滂沱《ぼうだ》の涙を続けた。深那は言葉に迷った末、そんな斎藤にそっと自分のハンカチを差し出し、背中を擦《さす》った。

「え、えっと……私が力になれる事は……」

「もう良いんだよ、深那ちゃん」

「えっ」

「深那ちゃんは力になってくれたよ。私たちを、ちゃんと向き合わせてくれた」

「……」

「ありがとう、深那ちゃん」

「本当にっ……ありがとね」

「あ……っ……」

決意を胸に、再び一歩踏《ふ》み出した深那。その勇気が、白井乃々香、岡本葵、斎藤舞の三人の絆《きずな》を再び繋《つな》ぎ合わせた。

共通の男子生徒を好きになった三人にとって、苦難はこれだけでは無いのかもしれない。

しかし、深那の勇気がこれからもこの三人に勇気を与《あた》え繋ぎ止《と》めて行くのだろう。

『ありがとう』の言葉に、深那は自分の努力が実を結んだと思い顔を綻《ほころ》ばせる。

遠くで見守っているはずの四人に顔を向けると、そこに野暮《やぼ》な者は誰一人《だれひとり》として居なくなっていた。

◇

六限の授業を終え、ホームルームを待つ時間。教室内はいつもの日常を取り戻していた。

後ろの入り口近くの席で、深那の席に岡本と白井が集まっている。

「深那ちゃ～ん！　ウチにはもう深那ちゃんしか居ない！」

「ずるいよ葵ちゃん！　私も！」

「は、はなれて……っ……」

「ざ、罪悪感が……」

深那に抱き着く岡本と、その上から覆《おお》い被《かぶ》さる白井。そんな三人を見て胸を押さえて上を向く斎藤。二学期が始まって以降、初めての過激派が復活した瞬間《しゅんかん》だった。

　そんな四人の姿を、渉たちは教室の反対側から眺めていた。

「芦田。お前いつも夏川にあんな感じだぞ」

「えー？　あたし愛ちに飛び付いたりしないよ？」

「どの面《つら》下げて言ってるのよ……」

「夏川さん、苦言を呈《てい》すの巻」

　一件落着の空気にクラス委員長の飯星も集まって様子を見ている。複雑な関係性はあろうが、反対側の三人が再び仲違《なかたが》いする兆《きざ》しは見られない。そんな様子に渉たち四人はそっと胸を撫《な》で下ろすのだった。

「……大丈夫そうだな」

「さ、さきちもニッコニコで見てるね」

「佐々木くん……そんなにモテてたんだね」

「私は夏川さんが知らなかった事にびっくりしたよ」

「……まぁ、結果オーライか」

愛華は佐々木の事をまるで異性として意識していなかった。ついこの間まで佐々木が愛華の事を好きだったと思うと、渉は佐々木がいま斎藤と付き合っていなければ涙無しには佐々木の事を見られそうにもなかった。

他の生徒も、いつもの調子を取り戻した三人を見てホッとしたように笑《え》みを浮かべている。このクラスにとって渉が思っていた以上にあの三人の影響力《えいきょうりょく》は大きかったらしい。

「およ？　一ノ瀬ちゃん、こっちに来るよ」

「何だろ……？」

「？」

芦田の呼びかけに渉が振り向くと、深那が教室の後ろからパタパタと小走りで渉たちの下にやって来る。その手には何か紙のようなものが握られていた。

「一ノ瀬さん、どうしたの？」

「あ、あのっ……今回は、ありがとうございましたっ」

「良いの良いの。ほら、デ、ト、行けなかったし。これくらい」

「うわっ、さじょっちまだ言ってるよ」

「……」

お礼を言う深那に対し、渉の『デート』という言葉に圭が顔を顰《しか》める。愛華は苦笑いを浮かべて特に何も言わなかった。打ち上げのカラオケの時の通話で渉が拗《す》ねたこともあって、あえて否定はしなかった。

「それで……これ」

「ん、何これ？」

「そのっ……お礼というか……！」

「お礼？」

「なになに？　何かのチケット？」

「へぇ……？」

渉に手渡《てわた》された一枚のチケットのようなもの。興味を示した圭と愛華が渉の手元を覗き込む。そのチケットのような紙にはこう書かれていた。

「な、『何でもする券』ですっ……！」

「「ちょっと待って!?」」

「何これ、おもろ」

放課後を目の前にして、リラックスする生徒たち。再び日常を取り戻した教室の平和な空気を、二人の女子が大声で切り裂《さ》いた。

あとがき

皆さん、お疲れ様です。おけまるです。

『夢見る男子は現実主義者』八巻はいかがだったでしょうか。本作では初めての殺伐とした展開もあり、特に主人公に自分を投影している読者さんにはつらく感じたかもしれません。ここから主人公が周りからどう思われていくのか、次の巻ではそれをお楽しみいただけると思います。ヒロインとの関係の変化にも要注目です。


さて、本作も無事に八巻まで刊行に至ったわけですが、七巻発売の二〇二二年八月から現在に至るまでの間に一つ、大きな出来事がありました。

それは――――私がテレビを買い替えた事です。

いやー、大変でした。表紙裏の著者近影コメントは読みましたでしょうか。はい、PS5が欲しかったんですよ。最近ようやく供給が追い付いて在庫が残るようになったじゃないですか。「ここだ！」と思ったんです。でも直ぐには買えなかったんです。古いテレビじゃＰＳ５の性能を活かせないと思ったんです。そしたらテレビのサイズがデカすぎるわ、テレビ台のサイズも合わないわ、もう大変でした。

コメントの続きですが、最終的にはテレビじゃなくてディスプレイを買いました。よく調べると、元々テレビで地デジ放送を見れるだけじゃなくて、ＨＤＤ側にも地デジチューナーが付いていて重複していたんです。だったら画面の方はわざわざ地デジ放送機能のあるテレビを買わなくても高解像度の映像を映せるディスプレイだけで良いではないかと。しかもディスプレイだと元々のテレビと同じサイズのものがあるんです。わざわざ大きいサイズのものを買う必要がないんです。高解像度の映像以外の機能は不要だったので想定より安上がりで済みました。まともなスピーカー機能が無いので、そこだけ別途スピーカーを買う必要がありましたけど、それでもな感じでした。まさか十万もいかずに４Ｋ環境が手に入れられるとは思わなかったです。ちなみにＰＳ５は売り切れてました。

――はい、違いますよね。そうですよね。失礼しました。

前巻から変わった大きなこと、それは本作『夢見る男子は現実主義者』が二〇二三年にアニメ化する事が決定したということです。ＨＪ文庫及び『小説家になろう』からまだ数少ないラブコメ作品のアニメ化という事で、とても光栄に思っております。書籍化作品としては処女作で、それが駆け上がるようにコミカライズ、アニメ化と進んでいったので、とても運に恵まれていると思います。

アニメ制作にあたっては原作者としても深く関わっていくわけですが、当然初めての事でしたので新鮮な事が多かったです。特に序盤の方のアニメ脚本作成では脚本家さんが仕上げた脚本を私が原作サイドとして見て問題ないか確認していくわけですが、小説と脚本は全く違うものであることを思い知らされました。私としては一見おかしな文章だな、と思ったりするのですが、それが台本として形になって実際にアフレコ現場で感情の乗った声が吹き込まれると全く違和感がないのです。日頃から地の文でさえ口語で書いている私でもそれに気づく事は出来ませんでした。しかし原作者としてその脚本にレビューしなければならないわけですから、現在に至るまでの工程で最もカロリーを要した部分であったと思います。

他にはキャラクターデータをまとめる、といった作業もありました。主要キャラの一人一人の性格を文章にし、誕生日や身長、体重、スリーサイズなども公式設定いたしました。アニメ化のためにわざわざ設けた設定は多いです。本作登場の白井《しらい》さんや岡本《おかもと》っちゃん、一ノ瀬《いちのせ》さんのお兄さんの下の名前はアニメ化に際して設けた公式設定です。お互いの呼び方なども決めました。ちなみに女性の胸部にトップやアンダーなどといった概念がある事はこれで初めて知りました。世の中のおっぱいにはまだまだ知らない秘密が隠されているみたいです……。

次いで実施したのは声優さんの候補を確認するというものです。制作サイドから様々な声優さんのデモデータをいただき、全ての声を聞いて誰がそれぞれのキャラクターを務められそうか候補を出すわけですが、これは大変でした……。てっきりキャラクター一人あたり四、五人くらいから候補を選ぶと思っていたのですが、蓋を開けてみれば主要キャラ一人あたり二十〜五十人近くの声優さん候補が用意され、それぞれのデモデータをいただきました。その中には当たり前のように誰もが知るベテラン声優さんのデモデータがあったりするわけです。そんな方が本作の主人公やヒロインを演じてセリフを喋っているのです。それだけで感動しました。そんな多くの声優さんの中から、私は一キャラあたり第五候補まで出しました。主人公の声を務めていただく宮瀬《みやせ》尚也《なおや》さんや、愛華を演じていただく涼本《すずもと》あきほさんもその候補の中に入っていたというわけです。本作でこの数ですから、二期アニメのあるような作品や、原作から話題性のある作品の候補数はこの比ではないのでしょう……その原作者さんの苦労が察せます。

アニメオープニング、エンディング主題歌の確認は楽しかったです。私はあまり原作者として〝特別な立場〟という実感が無いので、一般視聴者さんの誰よりも先にその曲を聴けて、映像のデモまで見れたことはどこか優越感がありました。デモ時点でとても良いクオリティになっているので楽しみにしておいて下さい。

あとはひたすらアニメに登場する美術設定の確認でしょうか。これはキャラクターのデザインの確認も含まれています。そういった明らかに重要なものから、端役キャラ、風景、建物、その構造、小物、スマホカバー、アイコン、様々なものの柄《がら》など、もはや原作にも登場しないもののチェック依頼も来ます。お任せで良いのに、なんて思うものもあるのですが、そういうわけにもいかないのが難しいところです。細かいもの一つ一つに対して双方の合意をもって話を進めることが最も確実かつ円滑に仕事をするコツというのは私自身の仕事の中でも思い知らされていることですので、間違いないと思います。

中でもキャラクターの私服を決める、という作業には苦労しました。作中ではざっくりとした種類や色合いだけ描写していたので、「例えばどんなの？」と尋ねられた際は参ってしまいました。おかげさまで現代の高校生ファッションや女性の服の種類に詳しくなることができました。ちなみに愛莉《あいり》ちゃんの私服や部屋着などを決める際は私のブラウザの検索履歴が危ないことになりました。

現場に赴く系の仕事はあまり関われていないのは申し訳ないと思っております。アフレコの現場は今のところ一度お邪魔させていただきましたが、それ以降はお任せしている状況です。私は人生の中でテレビの向こう側の方を生で拝見するという事が無かったので、実際にお会いした時はやはりドキドキしました。勝手な先入観があったのか、声優さん達はみんなスラリと高身長のモデルさんなイメージがあったので、実際にお会いして同じ目線の高さだった時はホッとしました。いや、皆さんイケメンでしたしお綺麗でした。ただ私の持っていたイメージが身長百八十～二〇〇センチでキラキラオーラを放つミス・ユニバースか何かだったので、そりゃそうだよなと実感したところです。たくさんお菓子を差し入れておきました。愛華役の涼本さんが本作を最新巻まで読んでくださっていたと知り嬉しかったです。

あとは、宣伝のためのイベントなどでしょうか。昨年の十二月にはアニメのロケ地である浜松市《はままつ》がなんとコミックマーケットに出展し、本作のアニメ化を全力でアピールするという事がありました。いや言い訳ではないんですけどね、コミケまで行くのはちょっと体力が要りすぎるというか、そちらに顔を出すのはちょっと難しかったです。三月二十六日のアニメジャパンのポニーキャニオンさん企画のステージも同様、膨大な人が集まるイベントは元からあまり近付かない人間なので、性格的に難しかったです。そもそも私はネット小説ばかりでラノベ作家でありながらラノベを読まないしアニメも見ない方なので、そこはイベント企画の方々やアニメにも造詣の深い方々にお任せしようと思います。もはや私より頑張っている方々が多すぎて恐縮するばかりです。

そんなアニメ制作や広報の現場ですが、昨今は新型コロナウイルスの影響の大きさを心配もしております。どうしても現場に集まらないと進められない工程もあるようですので、制作陣の方々には体調に気をつけながら進めてほしいと思っております。

コロナ禍による影響はアニメ制作だけでなく、実はライトノベル側にも大きく影響が及んでおります。書店や運送業者の規模縮小により、皆さんの身近な書店にはライトノベルすら置かれなくなる傾向が増えたと思います。置かれたとしても、最大手のレーベルさんの人気作品くらいでしょうか。もはや本作の現物も欲しい場合はネットで注文するか、メロンブックスさんみたいな専門店に行く方が確実だったりします。地方に少ない分、悔しく思っております。

一方で、この時代に作家として活動できていることはとても幸運だったとも思います。私がデビューした二〇二〇年当時はちょうど皆さんがスマホで電子書籍を読み始めた時期で、そちらでの売上が見込めるようになりました。ＬＩＮＥ《ライン》やＤｉｓｃｏｒｄ《ディスコード》でお手軽に編集担当さんとやり取りできるようになりました。そしてこれは作家側の話ですが、ちょうど確定申告が家で自分でできるようになったんですよね。わざわざ税務署まで書類を貰いに行って郵送で提出する必要がなくなったんです。そもそも『小説家になろう』の存在も大きいと思います。原稿の紙にまとめてレーベルに持ち込まずとも、ネットに投稿するだけで作家デビューできたのですから、００年代に比べるとかなり恵まれているのではないでしょうか。執筆活動だって基本的にスマホのメモ帳ですから。その時期に本業とラノベ作家を両立するのは今と比べるとかなり難しかったと思います。モチベーションにも大きく影響しているのではないでしょうか。正直、その時期に私に本作を書く発想があったとしてもデビューできたとは思えません……。

前述した通り、私はもともとラノベに始まりアニメにも関心が無かった方なので、その仕事に関わるようになってから詳しくなっていくことが多いです。特に、ラノベ、漫画、アニメなどの業界話などは作家としてデビューしてから耳にするようになりました。『なろう系作品』なんて言葉がある事もデビューしてから知ったのではないでしょうか。『小説家になろう』を深く利用させていただいている立場ですが、周りからの風評だとか見られ方を本当に気にした事がありませんでした。作家『おけまる』としてツイッターなどもやっていないのもそれが理由です。その発想自体がありませんでした。おかげさまですっかり機を逃しました。

そこで気になったのですが、本作『夢見る男子は現場主義者』は――『なろう系作品』なのでしょうか。

『小説家になろう』上がりのアニメ化作品がそう呼ばれています。でも、定義を調べているとどうもそれだけではないような気もします。俗に『異世界転生』と呼ばれるジャンルの作品はもはやそれだけで『なろう系作品』と呼ばれていますが、さらに深堀りした結果、『なろう系作品』は主人公が左記の条件を満たしていると見られた場合にそう呼ばれているように思えます。

それは、

①ファンタジーな事象により特別なステータスを手にし、

②周囲と比較して特別な優位性を有している

③ように見える

です。

主人公に最低限必要なものは〝特別性〟のみですが、さぁどうでしょうか。

③が読者さんの主観によるものなのでバラつきはあるとは思いますが、それでも異世界転生系の作品でなくても当てはまりそうな気はします。何なら『小説家になろう』発でなくとも当てはまりそうですね。現状、ラブコメ作品にまで③が及んでいるようには思えま

せんが、①に着目すると本作も一巻の序盤で突発的な有り得ない事象により劇的に状況が変化し、物語が進んでおります。②はどうでしょうか……主人公に対して①を起因とする優れた能力を持たせてはおりませんが、設定上、主人公は〝仕事ができる〟という特徴があります。しかしそれは特別優れているわけではなく、アルバイト経験を通じて周囲より先んじて社会通念を得て世の中を知っている、というだけのものです。要は、少しだけ社会人と同じ価値観を持っているわけです。作者としては彼を陽キャや陰キャには分類しておりませんし、コミュニケーション能力がある、ないも分類しておりません。そういう意味では他の作品とは違う優位性をもって読者に気持ち良さを味合わせている物語になっていると思います。これが①②を満たしているように見える（③）か、『なろう系作品』に該当するかどうかはそれがカギとなると思います。作者の立場ではどうにも判断できません。もしかすると本作が『なろう系ラブコメ』の先駆けになったりして。そこは読者さんとアニメ視聴者さんの所感にお任せしようと思います。

『なろう系作品』と言えば、ＡＩが及ぶのもそう遠くはないと業界人から聞きます。数ある作品の中でも『なろう系作品』は序盤の展開が似たものが多いため、展開の傾向が抽出しやすく、ＡＩによって文章を出力しやすいのでは、とのことです。なるほど、と思いました。しかもよく考えれば現代の技術で可能なのでは？　とも思いました。例えば、小説投稿サイト『ハーメルン』では作品の話の中の文章の一部分に対して読者は『ココ好き』ポイントが加点できます。つまり、そこから読者が『気持ちいい』と感じる展開の傾向がわかるわけです。そこにAIの機能が備われば、読者が気持ちいいと思った展開の文章をインプットでき、多くの作品をそこに投入することでAIが学習し、誰もが気持ちいいと思える展開の文章がアウトプットできるわけです。どうでしょう？　ライトノベル業界もAI化され、ラノベ作家の立場が危ぶまれる未来も遠くないかもしれません。ラブコメ作家の私も負けてはいられません。今後もAIが学習できないような恋愛模様や面白さ、歯痒さや切なさを皆さんに提供できればと思います。

コロナ禍、AI化、インボイス制度など、これからも厳しい未来が待ち受けていますが、負けるつもりはありません。主人公だって左手をぶっ刺しても小ボケを言えるような強さをもって高校生活に臨んでおります。アニメに負けない勢いで原作も盛り上がって行きますので、今後ともどうか応援のほどよろしくお願いいたします。

おけまるでした。

第9巻
発売決定
!!!
夢見る男子は
現実主義者9
鋭意制作中!

HJ文庫 https://firecross.jp/
1070

夢見る男子は現実主義者8

2023年4月1日　初版発行

著者——おけまる

発行者—松下大介
発行所—株式会社ホビージャパン

〒151-0053
東京都渋谷区代々木2-15-8
電話　03(5304)7604（編集）
03(5304)9112（営業）

印刷所——大日本印刷株式会社

装丁——coil／株式会社エストール

ISBN978-4-7986-3144-8　C0193

ファンレター、作品のご感想お待ちしております
〒151−0053　東京都渋谷区代々木2−15−8
(株)ホビージャパン HJ文庫編集部 気付
おけまる 先生／さばみぞれ 先生